Cartas Chilenas

Tomás Antônio Gonzaga

Copyright © 2015 da edição: DCL – Difusão Cultural do Livro

Equipe DCL – Difusão Cultural do Livro
DIRETOR EDITORIAL: Raul Maia
ILUSTRAÇÃO DA CAPA: João Lin

Equipe Eureka Soluções Pedagógicas
REVISÃO DE TEXTOS: José Eduardo de Souza Góes
NOTAS EXPLICATIVAS: Pamella Brandão

Texto conforme o Novo Acordo Ortográfico da Língua Portuguesa

Dados Internacionais de Catalogação na Publicação (CIP)
(Câmara Brasileira do Livro, SP, Brasil)

Gonzaga, Tomás Antônio, 1744-1810.
  Cartas chilenas / Tomás Antônio Gonzaga. --
São Paulo : DCL, 2012. -- (Coleção grandes nomes
da literatura)

  "Texto integral com comentários"
  ISBN 978-85-368-1533-6

  1. Poesia brasileira I. Título. II. Série.

12-11358   CDD-869.91

Índices para catálogo sistemático:

1. Poesia : Literatura brasileira   869.91

Editora DCL – Difusão Cultural do Livro
Av. Marquês de São Vicente, 1619 – Cj.2612 – Barra Funda
CEP 01139-003 – São Paulo/SP
Tel.: (0xx11) 3932-5222
www.editoradcl.com.br

Sumário

APRESENTAÇÃO 4
PRÓLOGO 7
DEDICATÓRIA AOS GRANDES DE PORTUGAL 8
EPÍSTOLA A CRITILO 9
CARTA 1ª 16
CARTA 2ª 26
CARTA 3ª 36
CARTA 4ª 45
CARTA 5ª 55
CARTA 6ª 65
CARTA 7ª 77
CARTA 8ª 86
CARTA 9ª 89
CARTA 10ª 100
CARTA 11ª 109
CARTA 12ª 120
CARTA 13ª 128

APRESENTAÇÃO

Autor

Tomás Antônio Gonzaga nasceu no ano de 1744 na cidade de Porto em Portugal. Logo após o primeiro ano de vida, ficou órfão de mãe e, em 1751, muda-se para o Brasil, fixando-se no Estado de Pernambuco. Aos 24 anos volta a Portugal para cursar direito em Coimbra e fica conhecido por fazer uma tese dedicada ao Marquês de Pombal (embaixador em Londres e, cinco anos mais tarde, embaixador de Viena) com características iluministas.

Em 1782 retornou ao Brasil e tornou-se juiz em Vila Rica – hoje conhecida como Ouro Preto –, em Minas Gerais, e conheceu Maria Doroteia Joaquina de Seixas, de apenas 16 anos, por quem se apaixonou. Maria Doroteia foi a musa inspiradora de Gonzaga em seus poemas líricos, sob o pseudônimo de pastora Marília. Esses poemas tornaram-se a obra-prima do autor, conhecida como *Marília de Dirceu*, que ganhou muitas boas críticas de autores renomados.

Tomás pede Maria em casamento, mesmo essa união não sendo aprovada pela família da noiva, que não a desejava pelas más condições financeiras do autor. O casamento foi marcado, mas, antes que ocorresse, Gonzaga foi preso por seu papel na Inconfidência Mineira, acusado de conspiração. Separado de sua amada, cumpriu sua pena no Rio de Janeiro, na Ilha das Cobras, por três anos. Acredita-se que durante esse período o autor tenha escrito os poemas que o tornaram conhecido.

Foi exilado em 1792 para Moçambique a fim de cumprir uma pena de dez anos. Começa a trabalhar como advogado no País e hospeda-se na casa de um comerciante de escravos, vindo, no ano seguinte, a se casar com a filha dele, Juliana de Sousa Mascarenhas, com quem teve dois filhos. Desde então, tornou-se um advogado rico e de prestígio, até que ficou enfermo de uma grave doença e morreu aos 66 anos. A data de sua morte não é certa, mas acredita-se ter ocorrido em 1809 ou 1810.

Período histórico e literário

O autor escreveu por fortes influências das características árcades, como valorização do campo, a fuga da cidade e suas tecnologias, a beleza da natureza, o pastoril, etc. Acredita-se que sua maior obra, *Marília de Dirceu* (seu pseudônimo árcade), seja pré-romântica.

O nome Arcadismo é referente à palavra Arcádia, região campestre da Grécia antiga na qual se acreditava morar o deus Pan, que fazia daquele lugar um ambiente de inspiração poética. A característica principal desse período é a fuga para a natureza (*fugere urbem*), o retorno ao campo, o bucolismo. Com isso, muitos autores adotaram pseudônimos pastoris (como Dirceu, adotado por Gonzaga) a fim de para ganhar mais credibilidade para suas obras, já que a maioria deles eram burgueses e não moravam no campo. O objetivo dos artistas árcades era criticar os abusos da nobreza e da igreja, por isso o culto à mitologia, contrapondo-se ao cristianismo, e à figura do "bom selvagem" (teoria de Jean-Jacques Rousseau sobre o pastor, pessoas que viviam no campo e que dependiam apenas da natureza para sobreviver), contrapondo-se ao homem urbano.

Adotavam musas inspiradoras (assim como Maria – Marília – para Gonzaga) e também lhe davam pseudônimos pastoris. A mulher não era vista como algo demoníaco, que confunde a cabeça do homem enlouquecendo-os, muito pelo contrário, ela é vista como companheira, que sempre está ao lado do homem cuidando do campo. É uma pastora.

Cartas Chilenas tem fortíssimas características árcades, criticando de forma satírica a regência do governador Luís da Cunha Meneses (o chefe, o Fanfarrão Minésio). Essas críticas foram escritas em 13 cartas de forma poética em versos decassílabos sem rima – sendo a 7ª carta e a 13ª inacabadas –, nas quais Gonzaga (sob o pseudônimo Critilo) narra para Doroteu (Cláudio Manuel da Costa, forte amigo de Gonzaga) os feitos de Fanfarrão com o Chile (na verdade, Vila Rica – atual Ouro Preto). O autor adotou esses pseudônimos para que a autoria de *Cartas Chilenas* não fosse atribuída a ele (o que levou a acreditar por muitos anos que o autor da obra fosse Cláudio Manuel da Costa), já que o que ele estava escrevendo era considerado crime e poderia condená-lo à morte.

Enredo

Gonzaga queria criticar a forte exploração de ouro e diamantes em Vila Rica. Os juros cobrados em cima de cada riqueza encontrada eram absurdos. A entrada de Luís Meneses só piorou o clima tenso já formado. Ele desrespeitava as decisões da Justiça, vendia cargos, títulos, escravizava pessoas, castigava-as até a morte, aumentou exageradamente a tropa e usou a força militar para a cobrança da taxa dos dízimos etc.

A primeira carta trata da chegada do Fanfarrão Minésio ao Chile e mostra sua postura prepotente e soberba. A partir daí, começa-se a narrar os episódios decorrentes do governo do Fanfarrão, seu desprezo e humilhação às outras autoridades e ao povo, os favorecimentos ilegais, a corrupção.

Todos esses acontecimentos são narrados de maneira bem óbvia para que o leitor da época soubesse exatamente do que se tratava apesar das trocas de nomes. Há bastante uso de ironias, o que dá um tom de sátira à obra. O narrador também, durante a narrativa, refere-se ora a Doroteu, ora ao Fanfarrão e outras personagens, invocando-os com suas perguntas, exigindo respostas. Além disso as *Cartas* têm um tom de realismo ausente na época. Em vários trechos da narrativa o autor traz uma rica descrição das paisagens brasileiras.

A crítica do autor dirige-se ao abuso de poder e à corrupção. Com *Cartas Chilenas*, Gonzaga ultrapassa a crítica ao governo de Fanfarrão para o autoritarismo colonial em si, fazendo com que a obra ganhe a importância e o prestígio que tem até hoje.

Prólogo

Amigo leitor, arribou[1] a certo porto do Brasil, onde eu vivia, um galeão[2], que vinha das Américas Espanholas. Nele se transportava um mancebo[3], cavalheiro instruído nas humanas letras. Não me foi dificultoso travar com ele uma estreita amizade; e chegou a confiar-me os manuscritos que trazia. Entre eles encontrei as *Cartas Chilenas*, que são um artificioso compêndio[4] das desordens, que fez no seu governo Fanfarrão Minésio, general de Chile.

Logo que li estas cartas, assentei[5] comigo que as devia traduzir na nossa língua; não só porque as julguei merecedoras desse obséquio pela simplicidade do seu estilo como também pelo benefício, que resulta ao público, de se verem satirizadas as insolências[6] desse chefe, para emenda[7] dos mais[8], que seguem tão vergonhosas pisadas.

Um Dom Quixote pode desterrar do mundo as loucuras dos cavalheiros andantes; um Fanfarrão Minésio pode também corrigir a desordem de um governador despótico[9].

Eu mudei algumas coisas menos interessantes para acomodá-las melhor ao nosso gosto. Peço-te que me desculpes algumas faltas, pois, se és douto[10], hás de conhecer a suma[11] dificuldade que há na tradução em verso. Lê, diverte-te, e não queiras fazer juízos temerários[12] sobre a pessoa de Fanfarrão. Há muitos fanfarrões no mundo, e talvez que tu sejas também um deles[13].

Quid rides? Mutato nomine, de te fabula narratur...[14]
(Horat. Sat. I, versos 69 e 70.)

---

1. arribar – aportar; ancorar.
2. galeão – embarcação.
3. mancebo – rapaz; moço.
4. compêndio – resumo de algum estudo muito necessário.
5. assentar – decidir.
6. insolência – desaforo.
7. emenda – correção de erro; regeneração moral.
8. dos mais – dos demais.
9. despótico – que governa ou comanda como líder absoluto.
10. douto – instruído; sábio.
11. sumo – grande; extremo.
12. temerário – arriscado; perigoso.
13. "Há muitos fanfarrões no mundo, e talvez que tu sejas também um deles." – observe a presença de forte crítica social, não apenas ao líder político descrito mas à sociedade como um todo. Nesse trecho, inclusive, há uma provocação ao próprio leitor: "talvez que tu sejas também um deles". Alerta para as necessárias mudanças de postura e da maneira de ver os fatos cotidianos.
14. "*Quid rides? Mutato nomine, de te fabula narratur...*" – do latim, significa *Por que ris? A estória fala de ti, mas com outro nome...*

Dedicatória aos grandes de Portugal

Ilmos.[15] e Exmos.[16] senhores,

apenas concebi a ideia de traduzir na nossa língua, e de dar ao prelo[17] as *Cartas Chilenas*, logo assentei comigo que V.Exas.[18] haviam de ser os mecenas[19] a quem as dedicasse. São V.Exas. aqueles de quem os nossos soberanos costumam fiar os governos das nossas conquistas: são por isso aqueles a quem se devem consagrar todos os escritos, que os podem conduzir ao fim de um acertado governo.

Dois são os meios porque nos instruímos: um, quando vemos ações gloriosas, que nos despertam o desejo da imitação; outro, quando vemos ações indignas, que nos excitam o seu aborrecimento. Ambos esses meios são eficazes: essa a razão porque os teatros, instituídos para a instrução dos cidadãos, umas vezes nos representam a um herói cheio de virtudes, e outras vezes nos representam a um monstro, coberto de horrorosos vícios.

Entendo que V.Exas. se desejarão instruir[20] por um e outro modo. Para se instruírem pelo primeiro, têm V.Exas. os louváveis exemplos de seus ilustres progenitores[21]. Para se instruírem pelo segundo, era necessário que eu fosse descobrir o Fanfarrão Minésio, em um Reino estranho. Feliz Reino e felices grandes[22], que não têm em si um modelo destes!

Peço a V.Exas. que recebam e protejam estas Cartas. Quando não mereçam a sua proteção pela eloquência[23] com que estão escritas, sempre a merecem pela sã doutrina, que respiram, e pelo louvável fim com que talvez as escreveu o seu autor Critilo.

Beija as mãos
de V.Exas. o seu menor criado.

---

15. Ilmos. – abreviatura do pronome de tratamento ilustríssimos; muito ilustres.
16. Exmos. – abreviatura do pronome de tratamento excelentíssimos.
17. prelo – máquina tipográfica para imprimir; prensa.
18. V.Exas. – abreviatura do pronome de tratamento vossas excelências.
19. mecenas – pessoa ou entidade que patrocina financeiramente um evento cultural ou um artista.
20. instruir – educar; aconselhar; amadurecer a alguém.
21. progenitores – pais; avós; antepassados.
22. felices grandes – grandes felicidades; muito felizes.
23. eloquência – arte de falar bem; convencer ou comover pela fala.

Epístola[24] a Critilo[25]

Vejo, ó Critilo, do Chileno Chefe
Tão bem pintada a história nos teus versos,
Que não sei decidir, qual seja a cópia,
Qual seja o original. Dentro em minha alma
Que diversas Paixões[26], que afetos vários
A um tempo se suscitam[27]! Gelo, e tremo
Umas vezes de horror, de mágoa e susto,
Outras vezes do riso apenas posso
Resistir aos impulsos: igualmente
Me sinto vacilar entre os combates[28]
Da raiva e do prazer. Mas ah! Que disse!
Eu retrato a expressão, nem me subscrevo[29]
Ao sufrágio[30] daquele, que assim pensa
Alheio da razão, que me surpreende.
Trata-se aqui da humanidade aflita;
Exige a natureza os seus deveres:
Nem da mofa[31], ou do riso pode a ideia
Jamais nutrir-se, enquanto aos olhos nossos
Se propõe do teu chefe a infame história.
Quem me dirá, que da estultice[32] as obras
Infestas[33] à virtude, e dirigidas
A despertar o escândalo, conseguem
No prudente varão mover o riso[34]?
Eu vejo, que um Calígula[35] se empenha,
Em fazer que de Roma ao Consulado,
Se jure o seu cavalo por colega:
Vejo que os cidadãos e as tropas arma

---

24. epístola – composição poética em forma de carta.
25. Critilo – pseudônimo usado pelo autor por segurança. Sua obra, escrita para criticar o então governador do Estado de Minas Gerais poderia, por sua ilegalidade, condená-lo à pena de morte.
26. Paixões – letra inicial maiúscula indica que o autor está personificando a palavra.
27. suscitar – originar; fazer nascer.
28. "Me sinto vacilar entre os combates" – há um sentimento paradoxal de amor e ódio expresso por Fanfarrão.
29. subscrever – assinar ou aprovar algo.
30. sufrágio – voto; adesão.
31. mofa – zombaria.
32. estultice – falta de senso ou discernimento.
33. infestar – assolar; atacar; causar grandes estragos a algo.
34. "No prudente varão mover o riso" – tais abusos arrancam risos de Fanfarrão.
35. Calígula – imperador romano que pertenceu à dinastia de Augusto.

O filho de Agripina[36], que os transporta
Em grossos vasos sobre o Tibre[37]; e logo
Por inimigos lhes assina os matos,
Que atacar manda com guerreiro estrondo.[38]
Direi, que me recreia[39] esta loucura?
Que devo rir-me e sufocar o pranto,
Que pula nos meus olhos? Não, Critilo,
Não é esta a moção que n'alma[40] provo[41].
Por entre estes delírios, insensível,
Me conduz a razão brilhante, e sábia,
A gemer igualmente na desgraça
Dos míseros vassalos[42], que honrar devem
De um tirano o poder, o trono, o cetro.

*

Se Talia[43] e Melpômene[44] nos pintam
Nos seus teatros as paixões humanas,
Ao ridículo gesto, ou ao semblante
Da cena que o coturno[45] me apresenta,
Me conformo ao interesse, quando
Aborreço a maldade e quando rendo
À formosa virtude os dignos votos.
Despedace[46] Medeia[47] os caros filhos;
Guise Atreu de seus netos as entranhas[48];
Eu terei sempre horror às impiedades.
Jamais da irreligião, da fé mentida
Me hão de enganar os pérfidos rebuços,
Ou da fingida cena os vãos adornos[49].
Devo pois confessar, Critilo amado,

---

36. Agripina – mãe de Calígula.
37. Tibre – rio italiano.
38. "Que atacar manda com guerreiro estrondo:" – sugere que Fanfarrão manda matar quem tenta fugir de sua tirania.
39. recrear – alegrar; divertir.
40. n'alma – na alma.
41. provar – experimentar.
42. vassalo – súdito; empregado.
43. Talia – musa e filha de Zeus.
44. Melpômene – musa da tragédia e filha de Zeus. Observe que há uma retomada da mitologia grega, não apenas como afronta à Igreja mas também por força do estilo literário. A retomada de padrões e referências do período clássico é vista como índice de perfeição pelos árcades.
45. coturno – sandálias de solas altas, usadas pelos atores trágicos gregos e romanos; referência à própria tragédia.
46. despedaçar – fazer em pedaços.
47. Medeia – personagem da tragédia homônima, do autor grego Eurípedes, que, para vingar-se do marido, mata os próprios filhos.
48. entranhas – ventre; vísceras.
49. adorno – enfeite.

Que teus escritos, de uma idade a outra
Passarão sempre de esplendor cingidos:
Que a humanidade, enfim desagravada
Das injúrias[50] que sofre, por teu braço
Os ferros soltará, que desafroxa[51],
Tintos do fresco, gotejado sangue.

*

Súditos infelices[52], que provastes
Os estragos da bárbara desordem,
Respirai, respirai: ao benefício
Deveis do bom Critilo a paz suave,
Que a vossa liberdade alegre goza.
Sim, Critilo, são estes os agouros[53]
Que, lendo a tua história, ao mundo faço.
De pejo[54] e de vergonha os bons Monarcas,
Que pias[55] intenções sempre alimentam,
De reger[56] como filhos os seus povos,
Tocados se verão. Prudentes, sábios,
Consultarão primeiro sobre a escolha
Daqueles chefes, que a remotas terras
Determinam mandar, deles fiando[57]
A importante porção do seu governo:
Prevenidos, que a vã brutal soberba
Só nas obras influi desses monstros,
Pelo escrutínio[58] da virtude espero,
Que regulados os seus votos sejam.

*

De uma estéril mortal genealogia[59],
Que o mérito produz de seus maiores,
Eles, amigo, argumentar não devem
Propalados[60] talentos. A virtude
Nem sempre aos netos, por herança, desce.
Pode o pai ser piedoso, sábio e justo,

---

50. injúria – insulto; xingamento.
51. desafroxar – desafrouxar; tornar mais largo; soltar.
52. infelices – infelizes ou infelicidades.
53. agouro – presságio; previsão do futuro; profecia.
54. pejo – pudor; acanhamento.
55. pio – belo.
56. reger – governar; exercer regência.
57. fiar – ter fé ou confiança; acreditar.
58. escrutínio – resultado de uma votação em favor de alguém ou algo.
59. genealogia – linhagem; ascendentes.
60. propalado – difundido; divulgado.

Manso, afável[61], pacífico e prudente:
Não se segue daqui, que um ímpio[62] filho,
Perverso, infame, díscolo[63] e malvado,
Não desordene de seus pais a glória.
Nem sempre as águias de outras águias nascem,
Nem sempre de leões, leões se geram:
Quantas vezes as pombas e os cordeiros
São partos dos leões, das águias partos![64]

*

Para reger, ó reis, os vossos povos,
Debalde ides buscar brasões e escudos
Entre os vossos dinastas[65]. Roma, Roma
As fasces[66], as secures[67], mais as outras
Imperiais insígnias[68] só tirava
Da provada virtude. Se das togas[69]
Distinguia uma e outra espécie, Atenas
É quem a todas o caráter dava:
Igualmente Civil jurisconsulto[70],
Que instruído guerreiro, era mandado
Um cidadão que da província as rédeas[71]
Manejasse fiel. Daqui os Fábios,
Daqui os Cipiões e os bons Emílios,
Os Césares daqui, que os fastos ornam[72].
Que diferentes hoje os nossos grandes![73]

*

---

61. afável – meigo; carinhoso.
62. ímpio – que não tem religião; incrédulo.
63. díscolo – desordeiro; brigão.
64. "São partos dos leões, das águias partos!" – uso de metáfora para explicar que nem sempre o sucessor é igual, pior ou melhor que o sucedido.
65. dinasta – antigo título de príncipe governante.
66. fasces – feixe de varas, com que os lictores acompanhavam os cônsules, primeiros magistrados da Roma antiga, como insígnia do direito que estes tinham de punir.
67. secures – machados.
68. insígnia – medalha de mérito; pendão; bandeira.
69. toga – traje civil dos antigos romanos, que consistia em uma espécie de capa ou manto de lã amplo e comprido.
70. jurisconsulto – pessoa com grande conhecimento nas ciências juristas.
71. rédea – no sentido figurado significa poder, direção, governo.
72. fastos ornam – que o orgulho e a vaidade enfeitam.
73. "Que diferentes hoje os nossos grandes!" – observe que há uma comparação com grandes líderes da antiguidade com os maus líderes de hoje, que buscam uma aparente regência ao invés de realmente governar.

É filho do marquês[74], do conde[75] é filho;[76]
Vá das Índias reger vasto empório[77].
Ó Deus! e que infelices os vassalos,
Que tão longe do trono prostitui
O vosso Império aos abortivos chefes!
Lá vai aquele, que de avara[78] sede
É por gênio arrastado: que tesouros
Não espera ajuntar! Do alheio cofre
Se há de esgotar a aferrolhada[79] soma:
Desgraçada Justiça! Da igualdade
Tu não sabes o ponto: é a balança
Do interesse que só por ti decide.
Que despachos[80] injustos, que dispensas.
Que mercês[81], e que postos não se compram
Ao grave peso de selada[82] firma!

*

Outro vai que, lascivo[83], e desenvolto
Só da carne as paixões adora, e segue:
Honras, decoros[84], vós sereis despojos[85]
Do seu bruto apetite. Em vão cansados,
Pais de famílias, zelareis vós outros
Da vossa casa o pundonor[86] herdado:
Aos vis[87] ataques do atrevido orgulho
Hão de ceder as prevenções mais fortes;
Vítimas da voraz sensualidade
Vossas filhas serão, vossas mulheres.[88]
Que direi do soberbo[89], do vaidoso,
Do colérico[90] e de outros vários monstros,
Que freio algum não conhecendo, passam

---

74. marquês – título entre o de conde e o de duque.
75. conde – título de nobreza superior ao visconde.
76. "É filho do marquês, do conde é filho;" – ele é filho de indiano e é indiano.
77. empório – centro comercial; sede.
78. avara – avarento; indivíduo apegado ao dinheiro e bens materiais ao extremo.
79. aferrolhado – preso; guardado com precaução.
80. despacho – decisão; remessa.
81. mercê – favor; benefício.
82. selado – fechado; concluído.
83. lascivo – sensual; que gosta dos prazeres da luxúria, da sexualidade.
84. decoro – respeito; compostura.
85. despojo – resto de comida; o que é tomado por meio da força ao inimigo.
86. pundonor – pudor; honra.
87. vil – mísero; insignificante; pobre.
88. "Vítimas da voraz sexualidade / Vossas filhas serão, vossas mulheres." – observe que o eu-lírico faz uma denúncia dos casos de estupros que ocorrerão assim que o tal governador recém-chegado começar a abusar do poder.
89. soberbo – orgulhoso; arrogante; que tem soberba.
90. colérico – enraivecido; furioso.

A sustentar no autorizado cargo
Tudo quanto a Paixão lhes dita e manda!

*

Não sofre aquele, que o vassalo oculte,
Os cabedais[91] que à sua indústria deve;
E que a seus filhos e a seus netos possa
Deixar, morrendo, uma opulenta[92] herança;
Um falso crime lhe figura, onde
Esgote as forças, que levar procura
Além das frias apagadas cinzas.

*

Este medita, que a nobreza ilustre
Sufocada se veja. A prisão dura,
O distante degredo[93] é que promete
Da prevista vingança o fim prescrito[94].
Ó senhores! Ó reis! Ó grandes! Quanto
São para nós as vossas leis inúteis!
Mandais debalde[95], sem julgada culpa,
Que o vosso chefe a arbítrio seu não possa
Exterminar os réus; punir os ímpios;
É c'os[96] ministros de menor esfera;
Que falam vossas leis. Nos chefes vossos
Somente o despotismo[97] impera, e reina:
Gozar da sombra do copado[98] tronco
É só livre ao que perto tem o abrigo
Dos seus ramos frondosos[99]. Se se aparta
Da clara fonte o passageiro, prova
Turbadas[100] águas em maior distância.

*

Mas ah! Critilo meu, que eu estou vendo,
Que já chegam a ler as cartas tuas:
Estes bárbaros monstros são cobertos
De vivo pejo ao ver os seus delitos,

---

91. cabedal – dinheiro; riqueza.
92. opulento – rico; abundante.
93. degredo – desterro; lugar que provoca tristeza.
94. prescrito – que está estabelecido; ordenado; regulado.
95. debalde – em vão; inutilmente.
96. c'os – com os.
97. despotismo – tirania; absolutismo.
98. copado – que tem copa ou grande ramado.
99. frondoso – cheio de folhas.
100. turbado – turvo; agitado.

Que em tão disforme vulto, hoje aparecem.

*

Destro Pintor, em um só quadro a muitos
Soubeste descrever. Sim, que o teu chefe
As maldades de todos compreende.
Aqui vê-se o soberbo, que pensando
Do resto dos mais homens nada serem
Mais que humildes insetos, só de fúrias
Nutre o vil coração, e a seus pés calca[101]
A pobre humanidade. Aqui se encontra
O ímpio, o libertino[102], que ultrajando[103]
Tudo que é sagrado, tem por timbre
Ao público mostrar, que o santo culto,
Que nos intima a religião, somente
Aos pequenos obriga, e que por arte
Os conserva a ilusão no fanatismo,
Por que da obediência às leis se dobrem.
Aqui se acha o lascivo, é o vaidoso,
É o estúpido, enfim é o demente,
O que ao vivo aparece nesta empresa.

*

Tu, severo Catão, tu repreendes
Com teu mudo semblante a pátria Roma:
Nem seus teatros de lascívia[104] cheios
Sofrem teus olhos nobremente irados.
Pede o Congresso, de terror ferido,
Que o rígido censor[105] o circo deixe,
Ou que se não produza a torpe[106] cena.

*

Este, ó Critilo, o precioso efeito
Dos teus versos será, como em espelho,
Que as cores toma, e que reflete a imagem;
Os ímpios chefes de uma igual conduta
A ele se verão, sendo arguidos[107]

---

101. calcar – pisar; tornar compacto.
102. libertino – devasso; negligente; que gosta de festas e dos prazeres do sexo.
103. ultrajar – insultar; afrontar.
104. lascívia – sensualidade.
105. censor – crítico arbitrário; que proíbe; censurador.
106. torpe – impuro; sujo.
107. arguido – acusado.

Pela face brilhante da virtude,
Que nos defeitos de um castiga a tantos.
Lições prudentes[108] de um discreto aviso,
No mesmo horror do crime, que os infama[109],
Teus escritos lhes deem. sobrada usura[110]
É esse o prêmio das fadigas[111] tuas.

*

Eles dirão, voltando-se a Critilo:
Quanto devemos[112], ó censor fecundo[113],
Ao castigado metro, com que afeias[114]
Nossos delitos, e buscar nos fazes
Da cândida[115] virtude a sã doutrina!

Carta 1ª

Em que se descreve a entrada, que fez Fanfarrão[116] em Chile[117]

Amigo Doroteu, prezado amigo,
abre os olhos, boceja, estende os braços,
E limpa das pestanas carregadas
O pegajoso[118] humor, que o sono ajunta.
Critilo, o teu Critilo é quem te chama;
Ergue a cabeça da engomada fronha.
Acorda, se ouvir queres coisas raras.
Que coisas – tu dirás – que coisas podes
Contar que valham tanto, quanto vale
Dormir a noite fria em mole cama,

---

108. prudente – cauteloso.
109. infamar – desonrar; difamar.
110. sobrada usura – renda de capital abundante.
111. fadiga – esforço; cansaço por trabalho intenso.
112. quanto devemos – o eu-lírico questiona seu colega sobre o que fizeram para merecer este tipo de punição, a chegada do novo governo, que não é bem-vindo.
113. fecundo – que produz muito.
114. afear – tornar feio.
115. cândido – puro; inocente.
116. Fanfarrão – refere-se, na verdade, a Luís da Cunha Meneses, que assumiu o governo de Vila Rica, hoje cidade histórica conhecida como Ouro Preto.
117. Chile – refere-se a Vila Rica.
118. pegajoso – que pega facilmente; grudento; viscoso.

Quando salta a saraiva[119] nos telhados
E quando o sudoeste e outros ventos
Movem dos troncos os frondosos ramos?
É doce esse descanso, não te nego[120].

*

Também, prezado amigo, também gosto
De estar amadornado[121], mal ouvindo
Das águas despenhadas[122] brando[123] estrondo,[124]
E vendo ao mesmo tempo as vãs quimeras[125],
Que então me pintam os ligeiros sonhos.
Mas, Doroteu, não sintas que te acorde;
Não falta tempo, em que do sono gozes;
Então verás leões com pés de pato;
Verás voarem tigres e camelos,
Verás parirem homens e nadarem
Os roliços penedos[126] sobre as ondas.
Porém que têm que ver esses delírios
C'os sucessos reais, que vou contar-te?
Acorda, Doroteu, acorda, acorda;
Critilo, o teu Critilo é quem te chama:
Levanta o corpo das macias penas;
Ouvirás, Doroteu, sucessos novos,
Estranhos casos, que jamais pintaram
Na ideia do doente, ou de quem dorme,
Agudas febres, desvairados[127] sonhos.
Não és tu, Doroteu, aquele mesmo
Que pedes que te diga, se é verdade,
O que se conta dos barbados monos[128]
Que à mesa trazem os fumantes pratos?
Não desejas saber se há grandes peixes,
Que abraçando os navios com as longas,
Robustas[129] barbatanas, os suspendem,

---
119. saraiva – chuva de granizo.
120. "É doce esse descanso, não te nego." – chama Doroteu para que perceba o que realmente está acontecendo.
121. amadornado – sonolento; atordoado.
122. despenhado – precipitado.
123. brando – suave; leve.
124. "Das águas despenhadas brando estrondo," – descrição de chuva com trovões, como um presságio do que de ruim vem pela frente.
125. quimera – ilusão; fantasia; utopia a ser alcançada.
126. penedo – rochedo.
127. desvairado – confuso.
128. barbados monos – pessoas feias que possuem barba.
129. robusto – forte; vigoroso.

Inda que o vento, que d'alheta[130] sopra,
Lhes inche os soltos, desrizados panos?
Não queres que te informe dos costumes
Dos incultos[131] gentios[132]? Não perguntas,
Se entre eles há nações, que os beiços furam?
E outras que matam, com piedade falsa,
Os pais, que afrouxam ao poder dos anos?
Pois se queres ouvir notícias velhas,
Dispersas por imensos alfarrábios[133],
Escuta a história de um moderno chefe,
Que acaba de reger a nossa Chile,
Ilustre imitador a Sancho Pança[134].
E quem dissera, amigo, que podia
Gerar segundo Sancho a nossa Espanha!

*

Não penses, Doroteu, que vou contar-te
Por verdadeira história uma novela
Da classe das patranhas[135], que nos contam
Verbosos[136] navegantes, que já deram
Ao globo deste mundo volta inteira:[137]
Uma velha madrasta me persiga,
Uma mulher zelosa me atormente,
E tenha um bando de gatunos[138] filhos,
Que um chavo[139] não me deixem, se este chefe
Não fez ainda mais, do que eu refiro.
Ora pois, doce amigo, vou pintá-lo[140]
Da sorte que o topei a vez primeira[141];
Nem esta digressão[142] motiva tédio,
Como aquelas que são dos fins alheias;
Que o gesto, mais o traje[143] nas pessoas

---

130. d'alheta – do prolongamento da popa da embarcação.
131. inculto – ignorante; não culto.
132. gentio – povo pagão; idólatra; indivíduo não civilizado.
133. alfarrábio – livro de pouca utilidade, antigo e por quaisquer motivos pouco consultado.
134. Sancho Pança – personagem do livro *Dom Quixote*, de Miguel de Cervantes.
135. patranha – mentira.
136. verboso – que fala com facilidade; que diz muitas palavras inúteis.
137. "Não penses, Doroteu, que vou contar-te / Por verdadeira história uma novela / Da classe das patranhas , que nos contam / Verbosos navegantes, que já deram / Ao globo deste mundo volta inteira:" – Critilo deixa mais do que clara a veracidade do que dirá em seguida.
138. gatuno – ladrão, diz-se daquele que furta.
139. chavo – moeda de pouco valor; pequena quantia de dinheiro.
140. pintá-lo – descrevê-lo.
141. vez primeira – primeira vez.
142. digressão – desvio de um assunto que está sendo tratado; afastamento do objetivo.
143. traje – vestes; roupa.

Faz o mesmo que fazem os letreiros[144]
Nas frentes enfeitadas dos livrinhos,
Que dão, do que eles tratam, boa ideia.[145]
Tem pesado semblante, a cor é baça[146],
O corpo de estatura um tanto esbelta[147],
Feições compridas e olhadura[148] feia,
Tem grossas sobrancelhas, testa curta,
Nariz direito e grande; fala pouco
Em rouco baixo som de mau falsete[149];
Sem ser velho, já tem cabelo ruço[150]:
E cobre esse defeito e fria calva[151]
À força de polvilho[152], que lhe deita.
Ainda me parece que o estou vendo
No gordo rocinante[153] escarranchado[154]!
As longas calças pelo umbigo atadas[155],
Amarelo colete e sobre tudo
Vestida uma vermelha e justa farda:
De cada bolso da fardeta[156] pendem
Listradas pontas de dois brancos lenços;
Na cabeça vazia se atravessa
Um chapéu desmarcado[157]; nem sei como
Sustenta a pobre só do laço o peso.
Ah! Tu, Catão severo, tu que estranhas
O rir-se um cônsul[158] moço, que fizeras,
Se em Chile agora entrasses, e se visses
Ser o rei dos peraltas[159], quem governa?
Já lá vai, Doroteu, aquela idade,
Em que os próprios mancebos[160], que subiam

---

144. letreiros – rótulos.
145. "Que dão, do que eles tratam, boa ideia." – as capas dos livros buscam passar boa impressão sobre seus assuntos. Não podemos julgar um livro pela capa, as coisas nem sempre são o que parecem ser.
146. baço – sem brilho.
147. esbelta – elegante.
148. olhadura – olhar.
149. falsete – voz falha, esganiçada.
150. ruço – grisalho.
151. calva – parte da cabeça sem cabelo.
152. polvilho – pó usado para branquear cabelos.
153. rocinante – cavalo magro.
154. escarranchado – sentado com pernas muito abertas.
155. atado – amarrado.
156. fardeta – jaleco.
157. desmarcado – enorme; muito grande.
158. cônsul – agente oficial de um país em território estrangeiro, que protege sua nação em localidades onde não há embaixada.
159. peralta – rebelde.
160. mancebo – moço; rapaz.

À honra do governo, aos outros davam
Exemplos de modéstia até nos trajes.
Deviam, Doroteu, morrer os povos,
Apenas os maiores imitaram
Os rostos e os costumes das mulheres,
Seguindo as modas e raspando as barbas.
Os grandes do país com gesto humilde
Lhe fazem, mal o encontram, seu cortejo[161];
Ele austero[162] os recebe, só se digna
Afrouxar do toutiço a mola[163] um nada,
Ou pôr nas abas do chapéu os dedos.

*

Caminha atrás do chefe um tal Robério
Que entre os criados tem respeito de aio[164];
Estatura pequena, largo o rosto,
Delgadas[165] pernas, e pançudo ventre,
Sobejo de ombros, de pescoço falto;
Tem de pisorga[166] as cores, e conserva
As bufantes bochechas sempre inchadas:
Bem que já velho seja, inda presume
De ser aos olhos das madamas grato
E o demo[167] lhe encaixou, que tinha pernas
Capazes de montar no bom ginete[168],
Que rincha[169] no Parnaso[170]. Pobre tonto,
Quem te mete em camisas de onze varas!
Tu só podes cantar, em coxos[171] versos
E ao som da má rebeca, com que atroas[172]
Os feitos do teu amo[173], e os seus despachos[174].

*

---

161. cortejo – cumprimentos ou acompanhamento.
162. austero – rígido; severo.
163. toutiço a mola – desajuizado; com falta de responsabilidades.
164. aio – pessoa que educa filhos de famílias importantes ou escudeiro.
165. delgado – fino; magro.
166. pisorga – bebedeira; o mesmo que bêbado.
167. demo – demônio; pessoa astuta, esperta.
168. ginete – cavalo de raça.
169. rinchar – relinchar.
170. Parnaso – monte da antiga Grécia, consagrado a Apolo e às Musas.
171. coxo – manco; defeituoso.
172. atroar – abalar; estremecer.
173. amo – senhor; patrão.
174. despacho – resolução de autoridade superior sobre negócios; ato de despachar.

Ao lado de Robério, vem Matúsio,
Que respira do chefe o modo e o gesto:
É peralta rapaz de tesas gâmbias[175],
Tem cabelo castanho e brancas faces,
Tem um ar de *mylord*[176] e a todos trata
Como a inúteis bichinhos; só conversa
Com o rico rendeiro[177], ou quem lhe conta
Das moças do país as frescas praças.
Dos bolsos da casaca[178] dependura[179]
As pontas perfumadas dos lencinhos;
Que é sinal, ou caráter, que distingue
Aos serventes da casa dos mais homens;
Assim como as famílias se conhecem
Por herdados brasões de antigas armas.

*

Montado em nédia mula[180] vem um padre,
Que tem de capelão as justas honras.
Formou-se em Salamanca[181], é homem sábio.
Já do mistério do pilar[182] um dia
Um sermão recitou, que foi um pasmo[183];
Labregão[184] no feitio[185] e meio idoso,
Tem olhos encovados[186], barba tesa[187],
Fechadas sobrancelhas, rosto fusco[188],
Cangalhas[189] no nariz. Ah! quem dissera
Que num corpo, que tem de nabo a forma,[190]
Havia pôr os Céus tão grande caco!

*

---

175. tesas gâmbias – andar firme; pernas rígidas.
176. *mylord* – do inglês, significa *meu senhor*.
177. rendeiro – que arrenda sítio, fazenda etc.; fabricante de rendas.
178. casaca – peça de roupa masculina com duas abas grandes, usada como traje de cerimônia.
179. dependurar – pendurar; colocar pendurado.
180. nédia mula – fêmea do burro, de pele lustrosa.
181. Salamanca – uma das cidades espanholas mais ricas da Idade Média, do Renascimento, do Classicismo e do Barroco.
182. pilar – coluna de apoio.
183. pasmo – que causa admiração.
184. labregão – no contexto significa muito grosseiro; malcriado.
185. feitio – qualidade.
186. encovado – oculto; escondido.
187. teso – ralo; rijo; duro.
188. fusco – sombrio.
189. cangalha – óculos.
190. "Que num corpo, que tem de nabo a forma," – observe a comparação, ele diz parecer um nabo.

O resto da família é todo o mesmo;
Escuso de pintá-lo[191]. Tu bem sabes
Um rifão[192] que nos diz, que dos domingos
Se tiram muito bem os dias santos.
Ah! Pobre Chile! Que desgraça esperas!
Quanto melhor te fora, se sentisses
As pragas, que no Egito se choraram,[193]
Do que veres que sobe ao teu governo
Carrancudo casquilho[194], a quem rodeiam
Os néscios, os marotos[195] e os peraltas.

*

Seguido, pois, dos grandes entra o chefe
No nosso Sant'Iago[196] junto à noite.
A casa me recolho, e cheio dessas
Tristíssimas imagens, no discurso,
Mil coisas feias, sem querer revolvo[197].
Por ver se a dor divirto, vou sentar-me
Na janela da sala, e ao ar levanto
Os olhos já molhados. Céus, que vejo!
Não vejo estrelas que, serenas, brilhem,
Nem vejo a lua que prateia os mares:
Vejo um grande cometa, a quem os doutos
Caudato[198] apelidaram. Esse cobre
A terra toda c'o disforme rabo.
Aflito o coração no peito bate;
Eriça-se[199] o cabelo, as pernas tremem,
O sangue se congela, e todo o corpo
Se cobre de suor. Tal foi o medo.
Ainda bem o acordo não restauro[200],
Quando logo me lembra que este dia
É o dia fatal, em que se entende,
Que andam no mundo soltos os diabos.
Não rias, Doroteu, dos meus agouros;
Os antigos Romanos foram sábios,
Tiveram agoureiros: esses mesmos

---

191. escuso de pintá-lo – dispenso descrevê-lo.
192. rifão – ditado popular ou provérbio.
193. "As pragas, que no Egito se choraram," – referência às pragas bíblicas.
194. casquilho – pessoa que se veste exageradamente.
195. maroto – travesso; brincalhão; patife.
196. Sant'Iago – Santo Iago.
197. revolver – revoltar; remexer; revirar.
198. caudato – nome dado ao cometa em referência a sua cauda; que tem cauda.
199. eriçar – arrepiar.
200. restaurar – recuperar.

Muitas vezes choraram, por tomarem
Os avisos celestes como acasos.

*

Ajuntavam-se os grandes desta terra
À noite em casa do benigno[201] chefe,
Que o governo largou. Aqui, alegres,
Com ele se entretinham largas horas:
Depostos os melindres[202] da grandeza,
Fazia a humanidade os seus deveres
No jogo e na conversa deleitosa[203].
A estas horas entra o novo chefe
Na casa do recreio; e reparando
Nos membros do Congresso, a testa enruga,
E vira a cara, como quem se enoja.
Porque os mais, junto dele não se assentem,
Se deixa em pé ficar a noite inteira;
Não se assenta civil da casa o dono;
Não se assenta, que é mais, a ilustre esposa;
Não se assenta também um velho bispo,
E a exemplo destes, o Congresso todo.[204]

*

Pensavas, Doroteu, que um peito nobre,
Que teve mestres, que habitou na corte
Havia praticar ação tão feia
Na casa respeitável de um fidalgo[205],
Distinto pelo cargo que exercia,
E mais ainda pelo sangue herdado?
Pois ainda, caro amigo, não sabias,
Quanto pode a tolice e vã soberba.
Parece, Doroteu, que algumas vezes
A sábia natureza se descuida.
Devera, doce amigo, sim, devera
Regular os natais[206] conforme os gênios.
Quem tivesse as virtudes de fidalgo,
Nascesse de fidalgo e quem tivesse

---
201. benigno – bom; algo bom.
202. melindre – escrúpulo; pudor.
203. deleitoso – de grande prazer; suave.
204. "E a exemplo destes, o Congresso todo." – o eu-lírico nos mostra que ele se julgava mais importante que o outro.
205. fidalgo – filho de alguém importante; que tem título de nobreza.
206. natais – nascimentos.

Os vícios de vilão[207], nascesse embora,
Se devesse nascer, de algum lacaio[208];
Como as pombas, que geram fracas pombas,
Como os tigres, que geram tigres bravos.
Ah! se isto, Doroteu, assim sucede
Estava o nosso chefe mesmo ao próprio
Para nascer sultão do Turco Império,
Metido entre vidraças, reclinado
Em coxins[209] de veludo e vendo as moças,
Que de todas as partes o cercavam,
Coçando-lhe umas, levemente, as pernas
E as outras abanando-o, com toalhas:
Só assim, Doroteu, o nosso chefe
Ficaria de si um tanto pago[210].

*

Chegou-se o dia da funesta[211] posse;
Mal os grandes se ajuntam, desce a escada,
E, sem mover cabeça, vai meter-se
Debaixo do lustroso e rico pálio[212].
Caminham todos juntos para o templo:
Um salmo se repete em doce coro,
A que ele assiste, desta sorte inchado;
Entesa[213] mais que nunca o seu pescoço,
Em ar de minuete[214] o pé concerta,
E arqueia[215] o braço esquerdo sobre a ilharga[216].
Eis aqui, Doroteu, o como param
Os maus comediantes, quando fingem
As pessoas dos grandes nos teatros.

*

Acabada a função, a casa volta;
Os grandes o acompanham descontentes,
Co'a[217] mesma pompa[218], com que foi ao templo.

---

207. vícios de vilão – vícios daquele que mora na vila ou é desprezível, indigno.
208. lacaio – criado; empregado.
209. coxim – almofada grande; assento sem costas; divã.
210. pago – satisfeito.
211. funesto – triste.
212. pálio – manto sustentado por varas que cobre pessoas ou imagem numa procissão religiosa.
213. entesar – enrijecer; tornar tenso.
214. minuete – dança de música lenta.
215. arquear – curvar.
216. ilharga – cintura.
217. co'a – com a.
218. pompa – magnificência; esplendor.

Tu já viste o ministro carrancudo
A quem os tristes pretendentes cercam,
Quando no Régio Tribunal se apeia[219],
Que bem que humildes em tropel[220] o sigam,
Não para, não responde, não corteja?
Tu já viste o casquilho, quando sobe
A casa em que se canta e em que se joga,
Que deixa à porta as bestas[221] e os lacaios,
Sem sequer se lembrar que venta e chove?
Pois assim nos tratou o nosso chefe;
Mal à porta chegou de chefe antigo,
Com ele se recolhe e até ao mesmo
Luzido[222], nobre corpo do Senado
Não fala, não corteja, nem despede.
Da sorte que o lacaio a sege[223] arruma,
Por não tomar a rua às outras seges;
Assim os cidadãos o pálio encostam
Ao batente da porta e, quais lacaios
Na rua, esperam que seu amo desça,
Ou, a ele ficar, que os mande embora.

*

À vista desta ação indigna e feia,
Todo o Congresso se confunde e pasma.
Sobe às faces de alguns a cor rosada;
Perdem outros a cor das roxas faces;
Louva este o proceder do chefe antigo,
Aquele o proceder do novo estranha;
E os que podem vencer do gênio a força,
Aos mais escutam, sem dizer palavra.

*

São estes, louco chefe, os sãos exemplos
Que na Europa te dão os homens grandes?
Os mesmos reis não honram aos vassalos?
Deixam de ser por isso uns bons monarcas[224]?
Como errado caminhas! O respeito
Por meio das virtudes se consegue,
E nelas se sustenta; nunca nasce

---

219. apear – acomodar.
220. tropel – multidão de gente que corre em meio a um tumulto.
221. besta – animal que se pode cavalgar.
222. luzido – vistoso; pomposo.
223. sege – carruagem.
224. monarca – rei; soberano.

Do susto e do temor, que aos povos metem
Injúrias, descortejos[225] e carrancas[226].
Findou-se[227], Doroteu, a longa história
Da entrada deste chefe: agora vamos,
Que é tempo, descansar um breve instante.
Nas outras contarei, prezado amigo,
Os fatos, que ele obrou[228] no seu governo,
Se acaso os justos Céus quiserem dar,
Para tanto escrever, papel e tempo.

....

Carta 2ª

....

Em que se mostra a piedade que Fanfarrão fingiu no princípio do seu governo, para chamar a si todos os negócios

As brilhantes estrelas já caíam,
E a vez terceira[229] os galos já cantavam,
Quando, prezado amigo, punha o selo
Na volumosa carta, em que te conto
Do nosso imortal chefe a grande entrada.
E refletindo então ser quase dia,
A despir-me começo, com tal ânsia[230],
Que entendo que inda estava o lacre quente,
Quando eu já sobre os membros fatigados[231]
Cuidadoso estendia a grossa manta[232].

*

Não cuides, Doroteu, que brandas penas
Me formam o colchão macio e fofo;
Não cuides que é de paina[233] a minha fronha,
E que tenho lençóis de fina holanda,

---

225. descortejo – desconsiderações.
226. carrancas – mau humor.
227. findar – acabar; chegar ao fim.
228. obrar – fazer; criar.
229. vez terceira – terceira vez.
230. ânsia – anseio; pressa.
231. fatigado – cansado.
232. manta – coberta; cobertor.
233. paina – conjunto de fibras que, como no algodão, envolve sementes de diversas plantas.

Com largas rendas sobre os crespos folhos[234].
Custosos pavilhões[235], dourados leitos[236],
E colchas matizadas[237], não se encontram
Na casa mal provida de um poeta,
Aonde, há dias que o rapaz que serve
Nem na suja cozinha acende o fogo.
Mas nesta mesma cama, tosca[238] e dura,
Descanso mais contente, do que dorme
Aquele que só põe o seu cuidado
Em deixar a seus filhos o tesouro
Que ajunta, Doroteu, com mão avara,
Furtando ao rico e não pagando ao pobre.
Aqui... mas onde vou, prezado amigo?
Deixemos episódios, que não servem;
E vamos prosseguindo a nossa história.

*

Fui deitar-me ligeiro[239], como disse,
E mal estendo nos lençóis o corpo,
Dou um sopro na vela, os olhos fecho,
E pelos dedos rezo a muitos santos,
Por ver se chega mais depressa o sono;
Conselho que me deram sábias velhas.
Já, meu bom Doroteu, o sono vinha:
Umas vezes dormindo, ressonava[240],
Outras vezes, rezando, inda bulia[241]
Com os devotos beiços; quando sinto
Passar um carro, que me abala o leito.
Assustado desperto; os olhos abro;
E conhecendo a causa que me acorda,
Um tanto impaciente o corpo viro;
Fecho os olhos de novo e cruzo os braços,
Para ver se outra vez me torna o sono.
Segunda vez o sono já tornava,
Quando o estrondo percebo de outro carro:
Outra vez, Doroteu, o corpo volto,
Outra vez me agasalho, mas que importa!

---
234. folho – folha ou prega na extremidade de lençóis, toalhas etc.
235. pavilhões – tendas.
236. leito – cama.
237. matizado – colorido.
238. tosco – rústico; malfeito.
239. ligeiro – rapidamente.
240. ressonar – roncar.
241. bulir – mover; agitar.

Já soam dos soldados grossos berros,
Já tinem as cadeias dos forçados,
Já chiam[242] os guindastes; já me atroam
Os golpes dos machados e martelos;
E ao pé de tanta bulha[243] já não posso
Mais esperança ter de algum sossego.[244]

*

Salto fora da cama, acendo a vela;
À banca vou sentar-me exasperado[245],
E, por ver se entretenho as longas horas,
Aparo a minha pena, o papel dobro,
E com mão, que ainda treme de cansada,
Não sei, prezado amigo, o que te escrevo.
Só sei que o que te escrevo são verdades,
E que veem muito bem ao nosso caso.

*

Apenas, Doroteu, o nosso chefe
As rédeas manejou, do seu governo,
Fingir-nos intentou[246] que tinha uma alma
Amante da virtude. Assim foi Nero;
Governou aos romanos pelas regras
Da formosa Justiça; porém logo
Trocou o cetro de ouro em mão de ferro.
Manda, pois, aos ministros lhe deem listas
De quantos presos as cadeias guardam:
Faz a muitos soltar, e aos mais alenta[247]
De vivas, bem fundadas esperanças.
Estranha ao subalterno[248], que se arroja[249]
O poder castigar ao delinquente
Com troncos e galés[250]; enfim ordena,
Que aos presos, que em três dias não tiverem
Assentos declarados, se abram logo
Em nome dele, chefe, os seus assentos.

*

---

242. chiar – ranger.
243. bulha – desordem; rebuliço; barulho.
244. "Mais esperança de ter algum sossego." – relata a violência dos soldados.
245. exasperado – desesperado.
246. intentar – cogitar; esforçar-se a.
247. alentar – animar; encorajar.
248. subalterno – subordinado.
249. arrojar – lançar.
250. galé – embarcação com velas e remos.

Aquele, Doroteu, que não é santo,
Mas quer fingir-se santo aos outros homens,
Pratica muito mais, do que pratica,
Quem segue os sãos caminhos da verdade.
Mal se põe nas igrejas de joelhos,
Abre os braços em cruz, a terra beija,
Entorta o seu pescoço, fecha os olhos,
Faz que chora, suspira, fere o peito;
E executa outras muitas macaquices,
Estando em parte, onde o mundo as veja.
Assim o nosso chefe, que procura
Mostrar-se compassivo[251], não descansa
Com estas poucas obras: passa a dar-nos
Da sua compaixão maiores provas.[252]

*

Tu sabes, Doroteu, qual seja o crime
Dos soldados, que furtam aos soldados,
E sabes muito bem que pena incorram[253]
Aqueles que viciam ouro e prata.
Agora, Doroteu, atende o como
Castiga o nosso chefe em um sujeito
Estes graves delitos, que reputa[254]
Ainda menos do que leves faltas.

*

Apanha um militar aos camaradas
Do soldo[255] uma porção; astuto e destro[256],
Para não se sentir o grave furto,
Mistura nos embrulhos, que lhes deixa,
Igual quantia de metal diverso.
Faz-se queixa ao bom chefe desse insulto,
Sim, faz-se ao chefe queixa, mas debalde;
Que esse Hércules[257] não cinge[258] a grossa pele,

---

251. compassivo – aquele que sente compaixão; sensível.
252. "Da sua compaixão maiores provas." – note que o chefe demonstrava ser muito sensível para com o povo quando na verdade essa não seria a realidade, ele estava apenas simulando para ganhar a confiança das pessoas.
253. incorrer – ser submetido a penalidade, multa etc.; ter de arcar com.
254. reputar – julgar.
255. soldo – salário.
256. destro pintor – pintor que tem habilidade com a mão direita, diferente do canhoto que tem habilidade com a mão esquerda; pintor habilidoso; ágil.
257. Hércules – semideus filho de Zeus com Alcmena, personificação da força. A citação de deuses e outros elementos da cultura greco-latina é uma forte característica do Arcadismo.
258. cingir – reprimir; unir.

Nem traz na mão robusta a forte clava[259],
Para guerra fazer aos torpes[260] Cacos.
Já leste, Doroteu, a *Dom Quixote*?
Pois eis aqui, amigo, o seu retrato;
Mas diverso nos fins, que o doido Mancha
Forceja[261] por vencer os maus gigantes
Que ao mundo são molestos, e este chefe
Forceja por suster[262] no seu distrito;
Aqueles que se mostram mais velhacos.
Não pune[263], doce amigo, como deve,
Das sacrossantas leis a grave ofensa;
Antes, benigno, manda ao bom Matúsio,
Que do seu ouro próprio se ressarça[264]
Aos aflitos roubados toda a perda.
Já viste, Doroteu, igual desordem?
O dinheiro de um chefe, que a lei guarda,
Acode aos tristes órfãos e às viúvas;
Acode aos miseráveis, que padecem
Em duras, rotas[265] camas e socorrem,
Para que honradas sejam, as donzelas;
Porém não paga furtos, por que fiquem
Impunes os culpados, que se devem
Para exemplo punir com mão severa.

*

Envia, Doroteu, vizinho chefe
Ao nosso grande chefe outro soldado
Por vários crimes convencido e preso.
Lança-se o tal soldado de joelhos
Aos pés do seu herói; suspira e treme;
Não nega que ferira e que matara,
Mas pede que lhe valha a mão piedosa,
Que tudo pode, que ele aperta e beija.
Pergunta-lhe o bom chefe se os seus crimes
Divulgados estão; e o camarada
Com semblante já leve lhe responde:
Que suas graves culpas foram feitas

---

259. clava – pau curto usado como arma.
260. torpe – sujo.
261. forcejar – esforçar.
262. suster – sustentar; manter; conter.
263. punir – castigar; impor um castigo.
264. ressarcir – indenizar ou satisfazer.
265. roto – despedaçado; emendado.

Em sítios mui[266] distantes desta praça.
Então, então o chefe compassivo
Manda tirar os ferros dos seus braços;
Dá-lhe um salvo-conduto, com que possa,
Contanto que na terra não se saiba,
Fazer impunemente insultos novos.[267]

*

Caminha, Doroteu, à força um negro,
Conforme as leis do reino bem julgado.
Tu sabes, Doroteu, que o próprio Augusto
Essas fatais sentenças não revoga[268]
Sem um justo motivo, em que se firme
Do seu perdão a causa. Também sabes,
Que essas mesmas mercês se não concedem,
Senão por um decreto, em que se expende,[269]
Que o sábio rei usou por moto[270] próprio
Do mais alto poder que tem o cetro.
Agora, Doroteu, atende e pasma:
Por um simples despacho, manda o chefe,
Que o triste padecente[271] se recolha.
Assenta[272]: vale tanto, lá na corte,
Um grande "El Rei" impresso, quanto vale
Em Chile, um "como pede" e o seu garrancho[273].

*

Aonde, louco chefe, aonde corres
Sem tino[274] e sem conselho? Quem te inspira,
Que remitir[275] as penas é virtude?
E, ainda a ser virtude, quem te disse
Que não é das virtudes, que só pode
Benigna exercitar a mão augusta[276]?
Os chefes, bem que chefes, são vassalos;
E os vassalos não têm poder supremo.

---

266. mui – muito.
267. "Fazer impunemente insultos novos." – note que o novo chefe demonstra ser bom a todos.
268. revogar – anular; cancelar.
269. expender – expor; explicar.
270. moto – vontade; desejo.
271. padecente – condenado à morte; aquele que padece.
272. assentar – anotar; ouvir testemunhas em uma sessão de tribunal.
273. garrancho – letra mal traçada; ilegível.
274. tino – juízo.
275. remitir – perdoar.
276. mão augusta – referente ao primeiro imperador romano.

O mesmo grande Jove[277], que modera[278]
O Mar, a Terra e o Céu, não pode tudo,
Que ao justo só se estende o seu Império.

*

O povo, Doroteu, é como as moscas
Que correm ao lugar, aonde sentem
O derramado mel; é semelhante
Aos corvos e aos abutres, que se ajuntam
Nos ermos[279], onde fede a carne podre.
À vista, pois, dos fatos, que executa
O nosso grande chefe, decisivos
Da piedade que finge, a louca gente
De toda a parte corre a ver se encontra
Algum pequeno alívio à sombra dele.
Não viste, Doroteu, quando arrebenta
Ao pé de alguma ermida[280] a fonte santa,
Que a fama logo corre; e todo o povo
Concebe que ela cura as graves queixas?
Pois desta sorte entende o néscio vulgo[281],
Que o nosso general lugar-tenente,
Em todos os delitos e demandas[282],
Pode de absolvição lavrar sentenças.
Não há livre, não há, não há cativo
Que ao nosso Sant'Iago não concorra.[283]
Todos buscam ao chefe e todos querem,
Para serem bem vistos, revestir-se
Do triste privilégio de mendigos.
Um as botas descalça, tira as meias,
E põe no duro chão os pés mimosos[284];
Outro despe[285] a casaca, mais a veste,
E de vários molambos[286] mal se cobre:
Este deixa crescer a ruça barba,
Com palhas de alhos se defuma aquele;

---

277. Jove – pai dos deuses na mitologia romana, mais comumente chamado Júpiter.
278. moderar – dirigir; guiar.
279. ermo – despovoado.
280. ermida – igreja pequena em lugar isolado.
281. vulgo – comum.
282. demanda – procura; busca.
283. "Que ao nosso Sant'Iago não concorra." – não há um preso que não recorra às graças desse santo.
284. pés mimosos – pés suaves.
285. despir – tirar algo; deixar nu.
286. molambo – farrapos; roupa velha.

Qual as pernas emplasta[287] e move o corpo,
Metendo nos sobacos[288] as muletas;
Qual ao torto pescoço dependura
Despido o braço, que só cobre o lenço:
Uns com bordão[289] apalpam o caminho;
Outros, um grande bando lhe apresentam
De sujas moças, a quem chamam filhas.
Já foste, Doroteu, a um convento
De padres franciscanos, quando chegam
As horas de jantar? Passaste acaso
Por sítio em que morreu mineiro rico,
Quando da casa sai pomposo[290] enterro?
Pois eis aqui, amigo, bem pintada
A porta, mais a rua deste chefe
Nos dias de audiência. Oh! Quem pudera
Nestes dias meter-se um breve instante,
A ver o que ali vai na grande sala!
Escusavas[291] de ler os entremezes[292],
Em que os sábios poetas introduzem
Por interlocutores chefes asnos[293].
Um pede, Doroteu, que lhe dispense
Casar com uma irmã da sua amásia[294];
Pede outro que lhe queime o mau processo,
Onde está criminoso, por ter feito
Cumprir exatamente um seu despacho:
Diz este que os herdeiros não lhe entregam
Os bens, que lhe deixou em testamento
Um filho de Noé[295]. Aquele ralha[296]
Contra os mortos juízes, que lhe deram,
Por empenhos e peitas[297] as sentenças,
Em que toda a fazenda lhe tiraram:
Um quer que o devedor lhe pague logo;
Outro para pagar pretende espera.
Todos, enfim, concluem que não podem

---

287. emplastar – aplicar pano ou pelica com medicamento à parte doente; remediar.
288. sobaco – axila; sovaco.
289. bordão – frase de efeito.
290. pomposo – esplêndido; deslumbrante; chique.
291. escusar – desculpar; perdoar.
292. entremez – obra cujo gênero é dramático burlesco.
293. asno – burro; estúpido.
294. amásia – amante.
295. um filho de Noé – Jafé, filho de Noé, segundo a fé cristã, originou o povo europeu, por extensão, qualquer um.
296. ralhar – repreender gritando; dar bronca.
297. peita – antigo imposto pago pela plebe; suborno.

Demandas conservar, por serem pobres,
E grandes as despesas, que se fazem
Nas casas dos letrados[298] e cartórios[299].
Então o grande chefe, sem demora,
Decide os casos todos que lhe ocorrem
Ou sejam de moral, ou de direito,
Ou pertençam, também, à medicina,[300]
Sem botar, que ainda é mais, abaixo um livro
Da sua sempre virgem livraria[301].
Lá vai uma sentença revogada,
Que já pudera ter cabelos brancos:[302]
Lá se manda que entreguem os ausentes
Os bens ao sucessor, que não lhes mostra
Sentença que lhe julgue a grossa herança.
A muitos, de palavra, se decreta
Que em pedir os seus bens, não mais prossigam;
A outros se concedem breves horas
Para pagarem somas que não devem.[303]
Ah! tu, meu senhor Pança, tu que foste
Da baratária[304] o chefe, não lavraste
Uma só sentença tão discreta!
E que queres, amigo, que suceda?
Esperavas acaso um bom governo
Do nosso Fanfarrão? Tu não o viste
Em trajes de casquilho, nessa corte?
E pode, meu amigo, de um peralta
Formar-se, de repente, um homem sério?
Carece, Doroteu, qualquer ministro
Apertados estudos, mil exames;
E pode ser o chefe onipotente[305],
Quem não sabe escrever uma só regra,
Onde, ao menos, se encontre um nome certo?
Ungiu-se, para rei do povo eleito
A Saul[306], o mais santo que Deus via.

---

298. letrado – pessoa culta.
299. cartório – onde se guarda documentos importantes.
300. "Ou pertençam, também, à medicina," – o chefe decidia, decretava e solucionava toda espécie de problemas da população. Desde doenças, problemas legais e até mesmo os do cotidiano.
301. virgem livraria – nova livraria.
302. "Que já pudera ter cabelos brancos:" – ou seja, que a sentença demorava muito para ser revogada.
303. "Para pagarem somas que não devem." – quando alguns entregam seus bens, já não dispensados, outros ainda permanecem para pagar mais, mesmo que não faça mais parte do combinado ou da dívida.
304. baratária – diz-se do ato de dar apenas para ter uma retribuição; transação especulativa; ações fraudulentas que visam a obtenção de vantagens.
305. onipotente – que tudo pode.
306. Saul – primeiro rei do antigo reino de Israel.

Prevaricou[307] Saul, prevaricaram
No governo dos povos outros justos.
E há de bem governar remotas terras
Aquele que não deu em toda vida
Um exemplo do amor à sã virtude?
As letras, a Justiça, a temperança[308]
Não são, não são morgados[309] que fizesse
A sábia Natureza para andarem
Por sucessão[310] nos filhos dos fidalgos.

*

Do cavalo andaluz[311] é sim provável
Nascer, também, um potro de esperança,
Que tenha frente aberta[312], largos peitos,
Que tenha alegres olhos e compridos,
Que seja, enfim, de mãos e pés calçados;
Porém de um bom ginete também pode
Um catralvo nascer, nascer um zarco[313].
Aquele mesmo potro, que tem todos
Os formosos sinais, que aponta o rego[314],
Carece, Doroteu, correr em roda
No grande picadeiro muitas vezes,
Para um e outro lado. Necessita
Que o destro picador lhe ponha a sela:
E que, montando nele, pouco a pouco,
O faça obedecer ao leve toque
Do duro cabeção, da branda rédea.
Dos mesmos, Doroteu... Porém já toca
Ao almoço a garrida da cadeia:
Vou ver se dormir posso, enquanto duram
Estes breves instantes de sossego,
Que, sem barriga farta e sem descanso,
Não se pode escrever tão longa história.

---

307. prevaricar – corromper.
308. temperança – modéstia.
309. morgados – espécie de pastéis.
310. sucessão – continuação; vir depois; suceder algo.
311. andaluz – referência a Andaluzia, região conhecida da Espanha.
312. frente aberta – peito aberto.
313. zarco – cavalo que tem uma malha branca em volta de um ou de ambos os olhos.
314. rego – sulco que o ferro do arado apanha no solo.

Carta 3ª

Em que se contam as injustiças e violências que Fanfarrão executou por causa de uma cadeia, a que deu princípio

Que triste, Doroteu, se pôs a tarde!
Assopra o vento sul, e densa nuvem
O horizonte cobre; a grossa chuva,
Caindo das biqueiras dos telhados,
Forma regatos[315], que os portais inundam.
Rompem os ares colubrinas[316] fachas[317]
De fogo devorante, e ao longe soa
De compridos trovões o baixo estrondo.
Agora, Doroteu, ninguém passeia;
Todos em casa estão, e todos buscam
Divertir a tristeza, que nos peitos
Infunde[318] a tarde, mais que a noite feia.
O velho Altimedonte[319], certamente,
Tem postas nos narizes as cangalhas
E revolvendo os grandes, grossos livros,
C'os dedos inda sujos de tabaco,
Ajunta ao mau processo muitas folhas
De vãs autoridades carregadas.
O nosso bom Dirceu talvez que esteja
Com os pés escondidos no capacho,
Metido no capote, a ler gostoso
O seu Virgílio, o seu Camões, e Tasso.[320]
O terno Floridoro, a estas horas,
No mole espreguiceiro se reclina
A ver brincar, alegres, os filhinhos,
Um já montado na comprida cana,
E outro pendurado no pescoço
Da mãe formosa, que risonho abraça.
O gordo Josefino está deitado,
Nada lhe importa, nem do mundo sabe;

---

315. regato – pequeno ribeiro.
316. colubrina – espada que tem lâmina sinuosa.
317. fachas – armas.
318. infundir – sinônimo de inspirar.
319. Altimedonte – famoso tirano do período clássico.
320. "O seu Virgílio, o seu Camões, e Tasso." – poeta clássico romano, poeta renascentista italiano, e poeta renascentista português, respectivamente.

Ao som do vento, dos trovões e chuva,
Como em noite tranquila dorme e ronca.
O nosso Damião, enfim, abana
Ao lento fogo, com que sábio tira
Os úteis sais da terra e o teu Critilo,
Que não encontra, aqui, com quem murmure[321],
Quando só murmurar lhe pede o gênio,
Pega na pena e desta sorte voa,
De cá, tão longe, a murmurar contigo.

*

Já disse, Doroteu, que o nosso chefe,
Apenas principia a governar-nos,
Nos pretende mostrar que tem um peito
Muito mais terno e brando, do que pedem
Os severos ofícios do seu cargo.[322]
Agora cuidarás, prezado amigo,
Que as chaves das cadeias já não abrem,
Comidas da ferrugem? Que as algemas,
Como trastes inúteis se furtaram?
Que o torpe executor das graves penas
Liberdade ganhou? Que já não temos
Descalços guardiães, que à fonte levem,
Metidos nas correntes, os forçados?
Assim, prezado amigo, assim devia
Em Chile acontecer, se o nosso chefe
Tivesse em governar algum sistema.
Mas, meu bom Doroteu, os homens néscios
Às folhas dos olmeiros se comparam;
São como o leve fumo, que se move
Para partes diversas, mal os ventos
Começam a apontar de partes várias.
Ora pois, doce amigo, atende o como
No seu contrário vício, degenera
A falsa compaixão do nosso chefe,
Qual o sereno mar, que, num instante,
As ondas sobre as ondas encapela[323].

*

---

321. murmurar – queixar sussurrando.
322. "Os severos ofícios do seu cargo." – note que novamente o autor declara que o chefe queria fingir que era um bom homem.
323. encapelar – erguer; elevar.

Pretende, Doroteu, o nosso chefe
Erguer uma cadeia majestosa,
Que possa escurecer a velha fama
Da Torre de Babel, e mais dos grandes
Custosos edifícios que fizeram,
Para sepulcros seus, os reis do Egito.[324]
Talvez, prezado amigo, que imagine
Que neste monumento se conserve
Eterna a sua glória; bem que os povos
Ingratos não consagrem ricos bustos,
Nem montadas estátuas ao seu nome.
Desiste, louco chefe, dessa empresa;
Um soberbo edifício levantado
Sobre ossos de inocentes, construído[325]
Com lágrimas dos pobres, nunca serve
De glórias ao seu autor, mas sim de opróbrio[326].
Desenha o nosso chefe sobre a banca
Desta forte cadeia o grande risco,
À proporção do gênio, e não das forças
Da terra decadente, aonde habita.
Ora, pois, doce amigo, vou pintar-te
Ao menos o formoso frontispício[327].
Verás se pede máquina tamanha
Humilde povoado, aonde os grandes
Moram em casas de madeira a pique.[328]

*

Em cima de espaçosa escadaria
Se forma do edifício a nobre entrada
Por dois soberbos arcos dividida:
Por fora desses arcos se levantam
Três jônicas[329] colunas, que se firmam
Sobre quadradas bases e se adornam[330]
De lindos capitéis[331], aonde assenta
Uma formosa regular varanda;

---

324. "Para sepulcros seus, os reis do Egito." – o chefe pretende fazer uma cadeia mais grandiosa que a torre de Babel e mais custosa que as pirâmides do Egito.
325. "Sobre os ossos de inocentes, construídos" – refere-se à Vila Rica.
326. opróbrio – indignidade; infâmia.
327. frontispício – fronte principal ou primeira página do livro.
328. "Moram em casas de madeira a pique." – os grandes são humildes.
329. jônico – referente a uma ordem da arquitetura, caracterizado por colunas ornadas de dois espirais laterais.
330. adornar – enfeitar.
331. capitél – pilastra; coluna.

Seus balaústres[332] são das alvas pedras,
Que brandos ferros cortam sem trabalho.
Debaixo da cornija, ou projetura[333],
Estão as armas deste Reino abertas
No liso centro de vistosa[334] tarja[335].
Do meio dessa frente sobe a torre,
E pegam dessa frente para os lados
Vistosas galerias de janelas,
A quem enfeitam as douradas grades.
E sabes, Doroteu, quem edifica
Esta grande cadeia? Não, não sabes:
Pois ouve, que eu to[336] digo: um pobre chefe
Que, na corte, habitou em umas casas
Em que já nem abriam as janelas.
E sabes para quem? Também não sabes.
Pois eu também to digo: para uns negros
Que vivem, quando muito, em vis cabanas,
Fugidos dos senhores, lá nos matos.[337]
Eis aqui, Doroteu, ao que se pode
Muito bem aplicar aquela mofa
Que faz o nosso mestre, quando pinta
Um monstro meio peixe e meio dama.[338]
Na sábia proporção é que consiste
A boa perfeição das nossas obras.
Não pede, Doroteu, a pobre aldeia
Os soberbos palácios, nem a corte
Pode, também, sofrer as toscas choças[339].

*

Para haver de suprir o nosso chefe
Das obras meditadas as despesas,
Consome do Senado os rendimentos,[340]
E passa a maltratar ao triste povo,
Com estas nunca usadas violências.
Quer cópia de forçados, que trabalhem

---

332. balaústre – parte que sustenta um peitoril ou um corrimão.
333. projetura – saliência.
334. vistoso – bem visto; agradável de se ver.
335. tarja – pintura ou escultura.
336. To – o (digo) a ti.
337. "Fugidos dos senhores, lá nos matos." – quilombos.
338. "Um monstro meio peixe meio dama." – sereia.
339. toscas choças – rústica ou acabada construção.
340. "Consome do senado os rendimentos," – usa o dinheiro do governo.

Sem outro algum jornal, mais que o sustento,
E manda a um bom cabo que lhe traga
A quantos quilombolas se apanharem,
Em duras gargalheiras. Voa o cabo,
Agarra a um, e outro, e num instante
Enche a cadeia de alentados[341] negros.
Não se contenta o cabo com trazer-lhe
Os negros que têm culpas: prende e manda
Também nas grandes levas os escravos,
Que não têm mais delitos que fugirem
Às fomes e aos castigos, que padecem
No poder de senhores desumanos.
Ao bando dos cativos se acrescentam
Muitos pretos já livres e outros homens
Da raça do país e da europeia,
Que diz ao grande chefe, são vadios,
Que perturbam dos pobres o sossego.

*

Não há, meu Doroteu, quem não se molde
Aos gestos e aos costumes dos maiores.
Brincando, os inocentes os imitam.
Se as tropas se exercitam, eles fingem
As hórridas[342] batalhas. Se se fazem
Devotas procissões[343], também carregam
Aos ombros os andores[344] e as charolas[345].
Os mesmos magistrados se revestem
Do gênio e das paixões de quem governa.
Se o Rei é piedoso, são benignos
Os severos ministros: se é tirano,
Mostram os pios corações de feras.
Por isso, Doroteu, um chefe indigno
É muito e muito mau, porque ele pode
A virtude estragar de um vasto império.

*

Os nossos comandantes, que conhecem
A vontade do chefe, também querem
Imitar deste cabo o ardente zelo.

---

341. alentado – animado; alegre.
342. hórrido – horrível, feio, de mau gosto.
343. procissão – cortejo religioso.
344. andor – padiola ornamentada para levar santos em procissão.
345. charola – armação de tronos e altares; que vai em cima do sacrário.

Enviam para as pedras os vadios,
Que na forma das ordens mandar devem
Habitar em desterro[346] novas terras.
Ora, pois, doce amigo, já que falo
Nos nossos comandantes, será justo
Que te dê destes bichos uma ideia.

*

A gente, Doroteu, que não se alista
Nas tropas regulares forma corpos
De bisonha[347] ordenança. Não há terra
Sem ter um corpo desses. Os seus chefes
Ao capitão maior estão sujeitos,
E são os que se chamam comandantes,
Porque as partes comandam destes terços.
Esses famosos chefes quase sempre
Da classe dos tendeiros[348] são tirados:
Alguns, inda depois de grandes homens,
Se lhe faltam os negros, a quem deixam
O governo das vendas, não entendem
Que infamam as bengalas, quando pesam
A libra de toucinho, e quando medem
O frasco de cachaça. Agora atende,
Verás que dessa escória[349] se levanta
De magistrados uma nova classe.

*

Aos ricos taverneiros[350], disfarçados
Em ar de comandantes, manda o chefe
Que tratem da polícia e que não deixem
Viver, nos seus distritos[351], as pessoas
Que forem revoltosas.[352] Quer que façam
A todos os vadios uns sumários[353],
E que sem mais processos os remetam[354]
Para remotas partes, sem que destas
Jurídicas sentenças se faculte[355]

---
346. desterro – exílio.
347. bisonho – inábil; inexperiente; tímido.
348. tendeiro – que vende suas mercadorias em tendas.
349. escória – coisa desprezível.
350. taverneiro – homem que vende vinhos em tabernas.
351. distrito – divisão territorial que possui um dono.
352. "Que forem revoltosas." – manda expulsar todos aqueles que são contra seu mandato.
353. sumário – resumo.
354. remeter – enviar.
355. facultar – proporcionar.

Algum recurso para mor alçada[356].
Já viste, Doroteu, um tal desmancho?
As santas leis do Reino não concedem
Ao magistrado régio, que execute
No crime o seu julgado, e o nosso chefe
Quer que deem as sentenças sem apelo
Incultos comandantes, que nem sabem
Fazer um bom diário do que vendem![357]
Concedo, caro amigo, que estes homens
São uns grandes consultos[358], que meteram
Os corpos do direito nos seus cascos.
Ainda assim, pergunto: e como pode
O chefe conceder-lhes esta alçada?
Ignora a Lei do Reino, que numera
Entre os Direitos próprios dos Augustos
A criação dos novos magistrados?
O grande Salomão lamenta o povo,
Que sobre o trono tem um rei menino:
Eu lamento a conquista a quem governa
Um chefe tão soberbo e tão estulto,
Que tendo já na testa brancas repas,
Não sabe, ainda, que nasceu vassalo.[359]

*

Os néscios comandantes e o bom cabo,
Que fez o nosso herói geral Meirinho,
Remetem nas correntes povo imenso.
Parece, Doroteu, que temos guerras;
Que para recrutar as companhias,
De toda a parte vêm chorosas levas.
Aqui, prezado Amigo, principia
Esta triste tragédia, sim, prepara,
Prepara o branco lenço, pois não podes
Ouvir o resto, sem banhar o rosto[360]
Com grossos rios de salgado pranto.
Nas levas, Doroteu, não vêm somente
Os culpados vadios; vem aquele
Que a dívida pediu ao comandante;
Vem aquele, que pôs impuros olhos

---
356. mor alçada – maior competência; maior poder.
357. "Fazer um bom diário do que vendem!" – justificar aquilo que fazem.
358. consultos – pessoas sábias que são consultadas por seu conhecimento.
359. "Não sabe, ainda, que nasceu vassalo." – mesmo já sendo adulto não tem consciência de que foi súdito antes de ser governante.
360. "Ouvir o resto, sem banhar o rosto" – não irá conseguir reprimir o choro.

Na sua mocetona[361]: e vem o pobre,
Que não quis emprestar-lhe algum negrinho,
Para lhe ir trabalhar na roça ou lavra.

*

Estes tristes, mal chegam, são julgados
Pelo benigno chefe a cem açoites.[362]
Tu sabes, Doroteu, que as leis do Reino
Só mandam que se açoitem com a sola
Aqueles agressores, que estiverem
Nos crimes, quase iguais aos réus de morte.
Tu também não ignoras que os açoites
Só se dão por desprezo nas espáduas[363];
Que açoitar, Doroteu, em outra parte,
Só pertence aos senhores, quando punem
Os caseiros delitos dos escravos.
Pois todo este direito se pretere[364]:
No pelourinho a escada já se assenta,
Já se ligam dos réus os pés e os braços;
Já se descem calções e se levantam
Das imundas camisas rotas fraldas;
Já pegam dois verdugos[365] nos zorragues;
Já descarregam golpes desumanos;
Já soam os gemidos e respingam
Miúdas gotas de pisado[366] sangue.[367]
Uns gritam que são livres, outros clamam
Que as sábias leis do Rei os julgam brancos:
Este diz que não tem algum delito,
Que tal rigor mereça; aquele pede
Do injusto acusador, ao céu, vingança.
Não afrouxam os braços os verdugos:
Mas antes com tais queixas se duplica
A raiva nos tiranos; qual o fogo,
Que aos assopros dos ventos ergue a chama.
Às vezes, Doroteu, se perde a conta
Dos cem açoites, que no meio estava,

---

361. mocetona – mulher forte.
362. "Pelo benigno chefe a cem açoites." – note o uso da ironia. O chefe fingiu ser bom, agora condena as pessoas a cem chicotadas.
363. espádua – ombro
364. preterir – ultrapassar.
365. verdugo – carrasco.
366. pisado – magoado; humilhado.
367. "Miúdas gotas de pisado sangue." – o castigo ao escravo que antes só era feito por seu senhor, agora também é aplicado pelo chefe que antes só poderia castigar dessa forma pessoas que cometiam crimes gravíssimos.

Mas outra nova conta se começa.[368]
Os pobres miseráveis já nem gritam.
Cansados de gritar, apenas soltam
Alguns fracos suspiros, que enternecem.[369]
Que é isso, Doroteu? Tu já retiras
Os olhos do papel? Tu já desmaias?
Já sentes as moções[370], que alheios[371] males
Costumam infundir nas almas ternas?
Pois és, prezado amigo, muito fraco;
Aprende a ter o valor do nosso chefe,
Que à janela se pôs e a tudo assiste,
Sem voltar o semblante para a ilharga.
E pode ser, amigo, que não tenha
Esforço, para ver correr o sangue,
Que em defesa do trono se derrama.

*

Aos pobres açoitados manda o chefe,
Que presos nas correntes dos forçados,
Vão juntos trabalhar. Então se entregam
Ao famoso tenente, que os governa,
Como sábio inspetor das grandes obras.
Aqui, prezado amigo, principiam
Os seus duros trabalhos. Eu quisera
Contar-te o que eles sofrem nesta carta;
Mas tu, prezado amigo, tens o peito
Dos males que já leste, magoado;
Por isso é justo que suspenda a história,
Enquanto o tempo não te cura a chaga.[372]

---

368. "Mas outra nova conta se começa." – o castigo passava de cem açoites.
369. "Alguns fracos suspiros, que enternecem." – alguns morrem durante o castigo.
370. moção – comoção.
371. alheio – outro.
372. "Enquanto o tempo não te cura a chaga." – Critilo não diz realmente tudo o que acontece para poupar uma tristeza maior da parte do amigo. Chaga significa ferida.

Carta 4ª

Em que se continua a mesma matéria

    Maldito, Doroteu, maldito seja
O vício de um poeta, que tomando
Entre dentes alguém, enquanto encontra
Matéria em que discorra, não descansa.
Agora, Doroteu, mandou dizer-me
O nosso amigo Alceu, que me embrulhasse
No pardo casacão, ou no capote,
E que pondo o casquete[373] na cabeça
Fosse ao sítio Covão jantar com ele.
Eu bem sei, Doroteu, que tinha sopa
Com ave e com presuntos, sei que tinha
De mamota[374] vitela[375] um gordo quarto;
Que tinha fricassês, que tinha massas,
Bom vinho de Canárias, finos doces,
E de mimosas frutas muitos pratos.
Porém, que me importa, amigo, perdi tudo,
Só para te escrever mais uma carta.
Maldito, Doroteu, maldito seja
O vício de um poeta, pois o priva
De encher o seu bandulho[376], pelo gosto
De fazer quatro versos, que bem podem
Ganhar-lhe uma maçada[377], que só serve
De dano ao corpo, sem proveito d'alma.

    *

A Carta, Doroteu, a longa Carta,
Que descreve a cadeia, finaliza
No ponto de que os presos se remetem
Ao severo Tenente, que preside,
Como sábio Inspetor, às grandes obras.
Agora prossigamos nesta história,

---

373. casquete – chapéu velho.
374. mamota – parva; tola.
375. vitela – carne de bezerra com menos de um ano.
376. bandulho – barriga.
377. maçada – golpe.

E demos-lhe o princípio, por tirarmos
Ao famoso inspetor, ao grão-tenente,
Com cores delicadas, uma cópia.

*

É de marca maior que a mediana,
Mas não passa a gigante: tem uns ombros
Que o pescoço algum tanto lhe sufocam.
O seu cachaço[378] é gordo, o ventre inchado,
A cara circular, os olhos fundos,
De gênio soberbão, grosseiro trato,
Assopra de contínuo e muito fala,
Preza-se de fidalgo e não se lembra
Que seu pai foi um pobre, que vivia
De cobrar dos contratos os dinheiros,
De que ficou devendo grandes somas,
Sinal de que ele foi um bom velhaco.[379]
O filho, Doroteu, tomou-lhe as manhas;
Era um triste pingante[380], que só tinha
O seu pequeno soldo; agora veio
Para inspetor das obras e já ronca,
Já empresta dinheiros, já tem casas,
Já tem trastes de custo e ricos móveis,
Mas logo, Doroteu, verás o como.[381]

*

Mal o duro inspetor recebe os presos,
Vão todos para as obras; alguns abrem
Os fundos alicerces; outros quebram,
Com ferros e com fogo, as pedras grossas.
Aqui, prezado amigo, não se atende
Às forças nem aos anos. Mão robusta
De atrevido soldado move o relho[382],
Que a todos, igualmente, faz ligeiros.
Aqui se não concede de descanso
Aquele mesmo dia, o grande dia
Em que Deus descansou, e em que nos manda,
Façamos obras santas, sem que demos
Aos jumentos, e bois algum trabalho.

---
378. cachaço – pescoço.
379. "Sinal de que ele foi um bom velhaco." – ele preza as pessoas importantes esquecendo-se da sua origem humilde.
380. pingante – pessoa pobre.
381. "Mas logo Doroteu, verás o como." – verás como ele conquistou todas essas riquezas.
382. relho – fivela; chicote; cinturão.

Tu sabes, Doroteu, que um tal serviço
Por uma civil morte se reputa.
Que peito, Doroteu, que duro peito
Não deve ter um chefe, que atormenta
A tantos inocentes por capricho?[383]
Que se arrisque o vassalo na campanha,
É uma justa ação que a pátria exige:
Nem este grande risco nos estraga
O pundonor, que vale mais que a vida;
Antes nos abre as portas, para entrarmos
No templo do heroísmo: sim nós temos,
Nós temos mil exemplos. Muitos, muitos
Que, há séculos, morreram pela pátria,
Na memória dos homens inda vivem.
Mas arriscar vassalos inocentes
Às pedras que se soltam dos guindastes,
E aos montes de piçarra[384], que desabam
Nos fundos alicerces, sem vencerem
Nem como jornaleiros[385] tênue paga;
Pô-los ainda em cima na figura
Dos indignos vassalos, que se julgam
Em pena dos delitos, como escravos;
Isto só para erguer-se uma obra grande,
Que outra pequena supre![386] É mais que injusto;
É uma das ações que só praticam
Aqueles torpes monstros, que nasceram
Para serem na terra o mal de muitos.

*

Dirás tu, Doroteu, que o nosso chefe
Não quer que os inocentes se maltratem;
Que o fero[387] Comandante é que abusa
Dos poderes que tem. Prezado amigo,
Quem ama a sã verdade, busca os meios
De a poder descobrir e o nosso chefe
Despreza os meios de poder achá-la.[388]

---

383. "A tantos inocentes por capricho?" – quão frio deve ser o coração do chefe para atormentar pessoas inocentes apenas por fazer.
384. piçarra – cascalho.
385. jornaleiro – trabalhador sem vínculo empregatício que recebe pelo dia trabalhado.
386. "Que outra pequena supre!" – note que eles escravizavam pessoas para construir uma obra exuberante, mas desnecessária, algo mais simples teria a mesma funcionalidade.
387. fero – feroz; forte.
388. "Despreza os meios de poder achá-la." – o narrador declara que quem quer descobrir o que se passa de verdade, em qualquer situação, descobre. Já o chefe finge-se cego perante aos acontecimentos.

Qu'é[389] deles os processos, que nos mostram
A certeza dos crimes? Quais dos presos
Os libelos[390] das culpas contestaram?
Quais foram os juízes, que inquiriram[391]
Por parte da defesa e quais patronos[392]
Disseram de direito sobre os fatos?
A santa Lei do Reino não consente
Punir-se, Doroteu, aquele monstro
Que é réu de majestade, sem defesa.
E podem ser punidos os vassalos
Por aéreos insultos, sem se ouvirem,
E sem outro processo, mais que o dito
De um simples comandante, vil e néscio?
Um louco, Doroteu, faz mais ainda
Do que nunca fizeram os monarcas:
Faz mais que o próprio Deus, que Deus, querendo
Punir em nossos pais a culpa grave,
Primeiro lhes pediu, que lhe dissessem,
Qual foi de seu delito a torpe causa.

*

Passam, prezado amigo, de quinhentos
Os presos que se ajuntam na cadeia.
Uns dormem encolhidos sobre a terra,
Mal cobertos dos trapos, que molharam
De dia no trabalho. Os outros ficam,
Ainda, mal sentados e descansam
As pesadas cabeças sobre os braços,
Em cima dos joelhos encruzados[393].
O calor da estação e os maus vapores,
Que tantos corpos lançam, mui bem podem
Empestar, Doroteu, extensos ares.
A pálida doença aqui bafeja,
Batendo brandamente as negras asas.
Aquele, Doroteu, a quem penetra
Esse hálito mortal, as forças perde;
Tem dores de cabeça e num instante
Abrasa-se em calor, de frio treme.[394]
Fazem os seus deveres os afetos

---

389. qu'é – que é.
390. libelo – apresentação oral ou escrita de uma acusação.
391. inquirir – indagar; perguntar.
392. patrono – no contexto significa advogado.
393. encruzado – cruzado.
394. "Abrasa-se em calor, de frio treme." – ficar com febre.

Do nosso grão-enente: amor e ódio.
Aquele, que risonho lhe trabalha
Nas suas próprias obras, é mandado
Curar-se à Santa Casa, como pobre.
Os outros são tratados como servos,
Que fogem ao trabalho dos senhores,
Para as correntes vão; arrancam pedra;
E quando algum fraqueia, o mau soldado
Dá-lhe um berro que atroa, a mão levanta,
E nas costas o relho descarrega.

*

Ah! Tu, Piedade santa, agora, agora,
Os teus ouvidos tapa e fecha os olhos;
Ou foge desta terra, aonde um Nero,
Aonde os seus sequazes[395], cada dia
Para o pranto te dão motivos novos!
O fogo, Doroteu, que vai moendo,
Depois de bem moer, a chama ateia[396],
E a matéria consome em breve instante.
Assim a podre febre que roía
Aos míseros enfermos, pouco a pouco
Erguendo, qual o fogo, a lavareda,
À força do cansaço que resulta
Do trabalho e do sol, consome e mata.
Uns caem com os pesos, que carregam,
E das obras os tiram pios braços
Dos tristes companheiros; outros ficam
Ali nas mesmas obras, estirados.
Acodem mãos piedosas: qual trabalha,
Por ver se pode abrir as grossas pegas;
E qual o copo de água lhes ministra,
Que fechados os dentes já não bebem.
Uns as caras borrifam, outros tomam
Os débeis pulsos, que parando fogem.
Ah! Não mais compaixão! Não mais desvelo[397]!
O socorro chegou, mas foi mui tarde:
Cobrem-se os membros de um suor já frio;
Os cheios peitos arquejando roncam,
E vertem umas lágrimas sentidas,
Que só lhes descem dos esquerdos olhos;
Amarela-se a cor, baceia a vista,

---

395. sequaz – seguidor.
396. atear – inflamar.
397. desvelo – carinho; cuidado; dedicação.

O semblante se afila, o queixo afrouxa,
Os gestos e os arrancos se suspendem;
Nenhum mais bole, nenhum mais respira.
Assim, meu Doroteu, sem um remédio,
Sem fazerem despesa em um só caldo,
Sem sábio diretor, sem sacramentos,
Sem a vela na mão, na dura terra
Estes pobres acabam seus trabalhos.
Que esperas, duro Chefe, que não contas
À corte os teus triunfos! Tu não podes
Mandar alqueires[398] dos anéis tirados
Dos dedos que cortaste nas campanhas:
Mas de algemas, de pegas, e correntes
Podes mandar à corte imensos carros.
Tu podes... Mas, amigo, não gastemos
Todo o tempo em contar sentidas coisas;
Façamos menos triste a nossa história;
Misturemos os casos, que magoam
Com sucessos, que sejam menos fortes.

*

Não bastam, Doroteu, galés imensas,
São outros mais socorros necessários
Para crescerem as soberbas obras.
Ordena o grande chefe, que os roceiros,
E outros quaisquer homens, que tiverem
Alguns bois de serviço, prontos mandem
Os bois, e mais os negros que os governem,
Durante uma semana de trabalho.
Ordena ainda mais, que, nesse tempo,
Não recebam jornal; antes que tragam
O milho para os bois dos seus celeiros.
Que é isto, Doroteu, abriste a boca?
Ficaste embasbacado? Não supunhas[399],
Que o nosso grande chefe se saísse
Com uma tão formosa providência?
Nisto de economia é ele o mestre;
Está para compor uma obra, aonde
Quer o modo ensinar de não gastarem
As tropas coisa alguma no sustento.
Deus o deixe viver, até que chegue
A pô-la, Doroteu, no mesmo estado

---

398. alqueire – medida agrária.
399. supunhas – do verbo pôr; colocar.

Em que estão os volumes, onde existem
Os despachos que deu no seu governo.
Ora, ouve ainda mais: atende e pasma.

*

Para se sustentarem os forçados,
Os gêneros se compram com bilhetes,
Que paga o tesoureiro, quando pode;
E sobre esta fiança ainda se tomam
Por muito menos preço do que correm.
As tropas, que carregam mantimentos,
Apenas descarregam, vão de graça,
À distante caieira[400], com soldados
Buscar queimada pedra. Daqui nasce
Os tropeiros fugirem, e chorarmos
A grande carestia do sustento.
Responde, louco chefe, se tu podes
Tais violências fazer; não era menos
Lançares sobre os povos um tributo?
Os homens, que têm carros, e os que vivem
De víveres venderem são, acaso,
Aos mais inferiores nos direitos?
Esta cadeia é sua, por que deva
Sobre eles carregar tamanho peso?[401]
E o povo, quando compra tudo caro,
Não paga ainda mais, do que pagara,
Se um módico[402] tributo se lançasse,
À proporção dos bens de cada membro?
Amigo Doroteu, quem rege os povos
Deve ler de contínuo os doutos livros;
E deve só tratar com sábios homens.
Aquele que consome as largas horas
Em falar com os néscios e peraltas,
Em meter entre as pernas os perfumes,
Em concertar as pontas dos lencinhos,
Não nasceu para as coisas que são grandes;
Que nessas bagatelas[403] não consomem
O tempo proveitoso as nobres almas.

*

---
400. caieira – forno ou fábrica de cal.
401. "Sobre eles carregar tamanho peso?" – se a cadeira é do chefe, porque são outras pessoas que têm o trabalho de construí-la?
402. módico – insignificante; sem importância.
403. bagatela – coisa sem importância.

Quem não quer, Doroteu, mandar o carro,
C'o famoso tenente se concerta;
Onde vai tal dinheiro ninguém sabe;
Só sabemos mui bem, que o bom tenente,
Sem ter outro negócio, que lhe renda,
De pingante, passou a potentado[404].
Sabemos também mais... porém, amigo,
O falar nestas coisas já me enfada[405].
Omito outros sucessos, que lastimam,
E fecho, Doroteu, a minha carta,
Com um maravilhoso estranho caso.
Distante nove léguas desta terra
Há uma grande ermida, que se chama
Senhor de Matosinhos[406]: esse templo
Os devotos fiéis a si convoca
Por sua arquitetura, pelo sítio,
E ainda muito mais pelos prodígios[407],
Com que Deus enobrece a santa imagem.
Esse famoso templo tem um carro,
Comprado com esmolas, que carrega
As pedras e madeiras, que ainda faltam.
O comandante austero notifica
À veneranda[408] imagem, na pessoa
Do zeloso ermitão[409], para que mande
O carro com os bois servir nas obras,
Mal lhe couber o turno da semana.
Faz-se uma petição[410] ao nosso chefe
Em nome do Senhor; aqui se alega
Que o carro, que ele tem, se ocupa ainda
Na pia construção da sua casa;
Que ele, Cristo, não tem nenhumas rendas,
Senão esmolas tênues, que só devem
Gastar-se no seu templo e no seu culto,
Conforme as intenções de quem as pede.
Apenas viu o chefe o peditório,
Quis ao Cristo mandar, que lhe ajuntasse
O título que tinha, por que estava
Isento de pagar os seus impostos:
Que ele sabe mui bem que o mesmo Cristo

---

404. potentado – poderoso.
405. enfada – aborrece.
406. Matosinhos – nome próprio a lugares cobertos de mato.
407. prodígio – maravilha; milagre.
408. venerando – digno de veneração.
409. ermitão – eremita; que zela por uma ermida.
410. petição – requerimento.

Mandou ao velho Pedro, que pagasse
Ao César os tributos em seu nome.
E Cristo, figurado em uma imagem,
Não tem mais isenções, que teve o próprio.
Pegava o seu Matúsio já na pena,
Quando lembra, ao bom chefe, o que decretam
Os cânones[411] da Igreja, que concedem,
Que para se fazerem obras pias,
Até os sacros[412] vasos se alienem[413].
Infere daqui logo, que esse carro
Não goza de isenção; porque suposto
Se possa numerar nos bens da Igreja,
Conforme as decretais até podia,
Neste caso, vender-se, por ser obra
Mais pia do que todas, a cadeia.
Lança mão ele então da pena,
E põe na petição um "escusado"
Com uns rabiscos tais, que ninguém sabe
Ao menos conhecer-lhe uma só letra.
Agora dirás tu: "Meu bom Critilo,
Não se isentar a Cristo desse imposto
Foi um grande tesão; mas necessário,
Por não se abrir a porta a maus exemplos:
Antes o santo Cristo é que devia
Mandar o carro logo, como mestre
Da sublime virtude: e dessa sorte
Obrou o mesmo Cristo em outro tempo,
Mandando que pagasse Pedro a César
O tributo por ele, quando estava,
Por um dos filhos ser mui bem isento.
Mas se esse santo Cristo não podia
Por dias disfarçar os bois e carro,
Por que não se valeu do tal Matúsio,
Do poeta Robério e de outros trastes,
Por quem aqui se conta, que pratica
O grande Fanfarrão os seus milagres?"
Tu instas, Doroteu, qual o mestraço[414]
Quando por defender a sua escola,
Arregaçando o braço, o pé batendo,
E enchendo as cordoveias[415], grita e ralha.

---

411. cânone – preceito.
412. sacro – sagrado.
413. alienar – alucinar.
414. mestraço – hábil; grande mestre em.
415. cordoveias – veias salientes do pescoço.

Mas eu, prezado amigo, com bem pouco
Te boto esse argumento todo abaixo.
Em primeiro lugar o santo Cristo
É homem muito sério, e por ser sério,
Não tem com essa gente um leve trato:
Em segundo lugar é muito pobre,
Só dá aos seus devotos indulgências[416]
Com anos de perdão e, dessas drogas
Não fazem tais validos nenhum caso.

*

Ora pois, louco chefe, vai seguindo
A tua pretensão: trabalha, e força
Por fazer imortal a tua fama.
Levanta um edifício em tudo grande;
Um soberbo edifício, que desperte
A dura emulação[417] na própria Roma.
Em cima das janelas e das portas
Põe sábias inscrições, põe grandes bustos;
Que eu lhes porei por baixo, os tristes nomes
Dos pobres inocentes, que gemeram
Ao peso dos grilhões[418]; porei os ossos
Daqueles que os seus dias acabaram
Sem Cristo e sem remédios no trabalho.
E nós, indigno chefe, e nós veremos
A quais desses padrões não gasta o tempo.

---

416. "Só dá aos seus devotos indulgências" – a substituição do cristianismo pela razão e pelo paganismo greco-latino também é uma das fortes características do Arcadismo. Indulgência significa remissão dos pecados ofertada pela Igreja.
417. emulação – estímulo à imitação de algo; imitação.
418. grilhões – correntes fortes de ferro.

Carta 5ª

Em que se contam as desordens feitas nas festas que se celebraram nos desposórios do nosso sereníssimo Infante, com a sereníssima Infanta de Portugal[419]

Tu já tens, Doroteu, ouvido histórias,
Que podem comover a triste pranto
Os secos olhos dos cruéis Ulisses[420].
Agora, Doroteu, enxuga o rosto,
Que eu passo a relatar-te coisas lindas.
Ouvirás uns sucessos, que te obriguem
A soltar gargalhadas descompostas,
Por mais que a boca com a mão apertes,
Por mais que os beiços, já convulsos[421] mordas.
Eu creio, Doutor... Porém aonde
Me leva tão errado, o meu discurso?
Não esperes, amigo, não esperes
Por mais galantes casos que te conte,
Mostrar no teu semblante um ar de riso.
Os grandes desconcertos, que executam
Os homens que governam, só motivam
Na pessoa composta horror e tédio.
Quem pode, Doroteu, zombar contente
Do César dos romanos, que gastava
As horas em caçar imundas moscas?
Apenas isto lemos, o discurso
Se aflige, na certeza de que um César
De espíritos tão baixos não podia
Obrar um fato bom no seu governo.
Não esperes, amigo, não esperes
Mostrar no teu semblante um ar de riso;
Espera, quando muito, ler meus versos,
Sem que molhe o papel amargo pranto,
Sem que rompam a leitura alguns suspiros.

*

---

419. "Em que se contam as desordens feitas nas festas que se celebraram nos desposórios do nosso sereníssimo Infante com a sereníssima Infanta de Portugal" – trata-se do casamento de Dom João VI e Dona Carlota Joaquina.
420. Ulisses – personagem da *Odisseia*.
421. convulso – trêmulo.

Chegou à nossa Chile a doce nova,
De que real Infante recebera,
Bem digna de seu leito casta esposa[422].
Reveste-se o baxá[423] de um gênio alegre,
E para bem fartar os seus desejos,
Quer que as despesas do Senado e povo
Arda em grandes festins[424] a terra toda.
Escreve-se ao Senado extensa carta
Em ar de majestade, em frase moura;
E nela se lhe ordena, que prepare,
Ao gosto das Espanhas, bravos touros.
Ordena-se, também, que nos teatros
Os três mais belos dramas se estropiem,
Repetidos por bocas de mulatos.
Não esquecem enfim as cavalhadas:
Só fica, Doroteu, no livre arbítrio[425]
Dos pobres camaristas[426], repartirem
Bilhetes de convites, pelas damas.[427]
Amigo Doroteu, ah! Tu não podes
Pesar o desconcerto desta carta,
Enquanto não souberes a lei própria
Que, aos festejos reais, prescreve a norma.

*

Enquanto, Doroteu, a nossa Chile
Em toda parte tinha à flor da terra
Extensas e abundantes minas de ouro;
Enquanto os taberneiros ajuntavam
Imenso cabedal[428] em poucos anos,
Sem terem, nas tabernas fedorentas,
Outros mais sortimentos, que não fossem
Os queijos, a cachaça, o negro fumo,
E sobre as prateleiras poucos frascos;
Enquanto, enfim, as negras quitandeiras,
À custa dos amigos, só trajavam
Vermelhas capas de galões cobertas,
De galacês e tissos, ricas saias:
Então, prezado amigo, em qualquer festa

---

422. casta – pura; inocente.
423. baxá – título de governantes no Império Otomano; próximo a sultão; mandão.
424. festim – comemoração; festa.
425. livre arbítrio – direito à livre escolha.
426. camarista – fidalgo a serviço da realeza.
427. "Bilhetes de convites, pelas damas." – o chefe começa a implantar uma nova cultura.
428. cabedal – riqueza.

Tirava liberal o bom Senado,
Dos cofres chapeados grossas barras.
Chegaram tais despesas à notícia
Do rei prudente, que a virtude preza;
E vendo que essas rendas gastavam
Em touros, cavalhadas e comédias,[429]
Aplicar-se podendo a coisas santas,
Ordena providente, que os Senados,
Nos dias em que devem mostrar gosto
Pelas reais fortunas, se moderem,
E só façam cantar no templo, os hinos,
Com que se dão aos Céus as justas graças.

*

Ah! meu bom Doroteu, que feliz fora
Esta vasta conquista, se os seus chefes
Com as leis dos monarcas se ajustaram!
Mas alguns não presumem ser vassalos,
Só julgam que os decretos dos Augustos
Têm força de decretos, quando ligam
Os braços dos mais homens, que eles mandam;
Mas nunca, quando ligam os seus braços.

*

Com esta sábia lei replica o corpo
Dos pobres senadores e pondera,
Que o severo juiz, que as contas toma,
Lhes não há de aprovar tão grandes gastos.
Da sorte, Doroteu, que o bravo potro,
Quando a sela recebe a vez primeira,
Enquanto não sacode a sela fora,
E faz em dois pedaços cilha[430] e rédea.
Mete entre os duros braços a cabeça
E dá, saltando aos ares, mil corcovos[431]:
Assim o irado chefe não atura
O freio dessa lei, espuma e brama,
Arrepela[432] o cabelo, a barba torce,
E enquanto entende que o Senado zele
Mais as leis, que o seu gosto, não descansa.

---

429. "Em touros, cavalhadas e comédias," – o dinheiro para essas festas vinha do governo, este, por sua vez, arrecadava dinheiro com o povo, quem, em última instância, as patrocinava.
430. cilha – cingidouro para a sela.
431. corcovo – salto que dá o cavalo, curvando o lombo para sacudir o cavaleiro.
432. arrepelar – puxar; arrepiar.

Aos tristes senadores não responde,
Mas manda-lhes dizer, que a não fazerem
Os pomposos festejos, se preparem
Para serem os guardas dos forçados,
Trocando as varas em chicote e relho.[433]

*

Já viste, Doroteu, que o grande chefe,
O defensor das leis, o mesmo seja
Que insulte, que ameace ao bom vassalo,
Que intenta obedecer ao seu monarca?
Pois inda, Doroteu, não viste nada.
Um monstro, um monstro destes não conhece,
Que exista algum maior que, ousado, possa
Ou na terra ou no céu tomar-lhe conta.
Infeliz, Doroteu, de quem habita
Conquistas do seu dono tão remotas!
Aqui o povo geme, e os seus gemidos
Não podem, Doroteu, chegar ao trono;[434]
E se chegam, sucede quase sempre
O mesmo que sucede nas tormentas,
Aonde o leve barco se soçobra[435],
Aonde a grande nau[436] resiste ao vento.

*

Que peito, Doroteu, que peito pode
Constante persistir nos sãos projetos,
Ouvindo as ameaças do tirano,
E junto já de si o som dos ferros!
Somente, Doroteu, os homens santos,
Que a sua lei defendem, veem os potros,
Veem cruzes, cadafalsos[437] e cutelos[438]
Com rosto sossegado. Os outros homens
Não podem, Doroteu, não podem tanto.

*

---

433. "Trocando as caras em chicote e relho." – o chefe ameaça o Senado, caso tente acabar com as festas por causa dos gastos, ou seja, todos ficaram reféns do tal Fanfarrão.
434. "Não podem, Doroteu, chegar ao trono;" – as pessoas sofrem, mas seu sofrimento não é ouvido, não é importante.
435. soçobrar – afundar.
436. nau – embarcação a vela, de grande porte.
437. cadafalso – andaime; plataforma em que ocorrem execuções públicas.
438. cutelo – antigo instrumento de decapitação.

À força de temor o bom Senado
constância já não tem; afrouxa e cede.
Somente se disputa sobre o modo
De ajuntar-se o dinheiro, com que possa
Suprir tamanho gasto o grande Alberga.
Uns dizem que, das rendas do Senado,
Tiradas às despesas, nada sobra.
Os outros acrescentam, que se devem
Parcelas numerosas, impagáveis
Às consternadas amas[439] dos expostos.
Uns ralham, outros ralham; mas que importa?
Todos arbítrios dão, nenhum acerta.
Então o grande Alberga, que preside,
Vendo esta confusão, na mesa bate,
E levantando a voz pausada e forte,
A importante questão assim decide:
"Há dinheiro, senhores, há dinheiro;
Vendam-se os castiçais, tinteiro e bancos,
Venda-se o próprio pano e mesa velha;
Quando isso não baste, há bom remédio;
As fazendas se tomem, não se paguem
E para autorizardes esta indústria,
Eu vos dou, cidadãos, o meu exemplo".

*

Intentam replicar-lhe os camaristas,
A tão baixos calotes nunca afeitos.
Mas ele, que não sofre mais instâncias,
As grossas sobrancelhas arqueando,
Desta sorte prossegue, em tom azedo:
"Se os meus santos conselhos se desprezam,
Depressa vou dar parte ao nosso chefe.
Ah! Pobres cidadãos, se assim o faço!
Já se me representa que vos sinto
Gemer debaixo dos pesados ferros".
Só tu, maroto Alberga, só tu podes
Desta sorte falar aos teus colegas!
Que importa que os acuses e que importa
Que os prenda com grilhões o duro chefe?
São ferros estes, ferros muito honrados,
Que a honra só consiste na inocência.

*

---

439. ama – dona; senhora.

Apenas, Doroteu, o vil Alberga
Fala em queixa fazer ao nosso chefe,
De susto os camaristas nem respiram;
Quais chorosos meninos, que emudecem,
Quando as amas lhes dizem: "Cala, cala,
Que lá vem o tutu, que papa a gente!".

*

Mandam-se apregoar[440] as grandes festas:
Acompanha ao pregão luzida tropa
De velhos senadores: esses trajam
Ao modo cortesão[441], chapéus de plumas,
Capas com bandas de vistosas sedas.

*

Chega enfim o dia suspirado,[442]
O dia do festejo: todos correm
Com rostos de alegria ao santo templo[443].
Celebra o velho bispo a grande missa[444];
Porém o sábio chefe não lhe assiste
Debaixo do espaldar[445], ao lado esquerdo:
Para a tribuna sobe e ali se assenta.
Uns dizem, Doroteu, fugiu prudente,
Por não ver assentados os padrecos[446]
Na Capela maior acima dele.
Os outros sabichões, que a causa indagam[447],
Discorrem[448] que o Senado lhe devia
Erguer no presbitério, docel branco,
Em honra dele ser lugar-tenente.
Mas eu com esses votos não concordo,
E julgo afoito[449], que a razão foi esta:
Porque estando patente e tendo posto
O seu chapéu em cima da cadeira,

---

440. apregoar – anunciar.
441. cortesão – urbano; delicado.
442. "Chega enfim o dia suspirado," – chega o dia esperado.
443. santo templo – referência à igreja.
444. grande missa – refere-se ao casamento.
445. espaldar – costas da cadeira.
446. padreco – padre de pouco mérito.
447. indagar – questionar, perguntar.
448. discorrer – discutir; falar longamente sobre.
449. afoito – audaz; corajoso.

Pudera duvidar-se se devia
O bispo ter a mitra[450] na cabeça.

*

Acaba-se a função[451] e o nosso chefe
A casa, com o bispo se recolhe.
A nobreza da terra os acompanha,
Até que montam a dourada sege.
Aqui, meu Doroteu, o chefe mostra
O seu desembaraço e o seu talento!
Só numa função dessas se conhece
Quem tem andado terras, aonde habitam
Despidas de abusos sábias gentes!
Vai passando por todos, sem que abaixe
A emproada cabeça, qual mandante
Que passa pelo meio das fileiras.
Chega junto da sege, à sege sobe,
E da parte direita toma assento.
O bispo, o velho bispo atrás caminha
Em ar de quem se tem da desfeita:
Com passos vagarosos chega à sege;
Encaixa na estribeira[452] o pé cansado,
E duas vezes por subir forceja.
Acodem alguns padres respeitosos;
E por baixo dos braços o sustentam:
Então com mais alento[453] o corpo move,
Dá o terceiro arranco, o salto vence,
E sem poder soltar uma palavra,
Ora vermelho, ora amarelo fica
Do nosso Fanfarrão ao lado esquerdo.
Agora dirás tu: "Que bruto é esse?
Pode haver um tal homem, que se atreva
A pôr na sua sege ao seu prelado[454]
Da parte da boleia[455]? Eu tal não creio".
Amigo Doroteu, estás mui ginja[456],
Já lá vão os rançosos formulários,
Que guardavam à risca os nossos velhos.

---

450. mitra – barrete de forma cônica, fendido na parte superior, usado por epíscopos em certas solenidades.
451. acaba-se a função – encerra-se a cerimônia de casamento.
452. estribeira – peça em que o cavaleiro apoia o pé.
453. alento – fôlego.
454. prelado – alto título honorífico de homens da Igreja.
455. boleia – pau fixo na ponta de uma lança ou assento de cocheiro.
456. ginja – velhote; preso a velhos hábitos.

Em outro tempo, Amigo, os homens sérios
Na rua não andavam sem florete;
Traziam cabeleira grande e branca,
Nas mãos os seus chapéus; agora, Amigo,
Os nossos próprios becas[457] têm cabelo.
Os grandes sem florete vão à missa.
Com a chibata na mão, chapéu fincado,
Na forma em que passeiam os caixeiros[458].
Ninguém antigamente se sentava
Senão direito e grave nas cadeiras;
Agora as mesmas damas atravessam
As pernas sobre as pernas.[459] Noutro tempo
Ninguém se retirava dos amigos,
Sem que dissesse adeus: agora é moda
Sairmos dos congressos em segredo.
Pois corre, Doroteu, a paridade[460],
Que os costumes se mudam com os tempos.
Se os antigos fidalgos sempre davam
O seu direito lado a qualquer padre,
Acabou-se essa moda: o nosso chefe
Vindica[461] os seus direitos.[462] Vê que o bispo
É um grande que foi, há pouco, frade,
E não pode ombrear com quem descende
De um bravo patagão que, sem desculpa,
Lá nos tempos de Adão[463] já era grande.

*

Na tarde, Doroteu, do mesmo dia
Sai uma procissão, de poucos negros,
E padres revestidos só composta;
Que os brancos e os mulatos se ocupavam
Em guarnecer[464] as ruas; pois que todos
Ocupados estão nas régias tropas.
Caminha o nosso chefe todo Adônis[465]
Diante da Bandeira do Senado;
Alguns dos rigoristas não lho aprovam,

---
457. beca – traje usado por magistrados.
458. caixeiro – empregado de comércio.
459. "As pernas sobre as pernas." – cruzam as pernas.
460. paridade – analogia.
461. vindica – reclama.
462. "Vindica os seus direitos." – narra a falta de educação do chefe perante aos costumes daquela época.
463. Adão – primeiro homem do mundo segundo a fé judaico-cristã.
464. guarnecer – ornar.
465. Adônis – jovem de beleza singular que, na mitologia grega, despertava o amor de Afrodite e Perséfone.

Dizendo que devia respeitoso,
Da maneira, que sempre praticaram
Os seus antecessores, ir ao lado,
Por ser esta bandeira um estandarte[466]
Onde tremulam do seu Reino, as armas.
Mas eu o não censuro, antes lhe louvo
A prudência que teve; pois supunha
Que, à vista do seu sangue e seu caráter,
Podia muito bem querer meter-se
Debaixo, Doroteu, do próprio pálio.
Que destras evoluções não fez a tropa!
Uns ficam, ao passar o sacramento,
Com as suas barretinas[467] nas cabeças;
Os outros se descobrem e ajoelham;
E enquanto não se avança o nosso chefe,
Prostrados se conservam, e devotos
Não cessam de ferir os brandos peitos.
Ah! Grande General! Com essa tropa
Tu podes conquistar o mundo inteiro!
Foram muitos felizes os Lorenas,
Os Condés, os Eugênios e outros muitos,
Em tu não floresceres nos seus tempos.
Meu caro Doroteu, os sapateiros
Entendem do seu couro; os mercadores[468]
Entendem de fazenda; os alfaiates
Entendem de vestidos; enfim todos
Podem bem entender dos seus ofícios;
Porém querer o chefe que se formem
Disciplinadas tropas de tendeiros,
De moços de tabernas, de rapazes,
De bisonhos roceiros, é delírio:
Que o soldado não fica bom soldado
Somente porque veste a curta farda,
Porque limpa as correias, tinge as botas
E, com trapos, engrossa o seu rabicho.

*

A negra noite em dia se converte
À força das tigelas e das tochas,
Que em grande cópia nas janelas ardem.
Aqui o bom Robério se distingue;
Compõe algumas quadras, que batiza

---
466. estandarte – bandeira militar.
467. barretina – antiga cobertura da cabeça do soldado.
468. mercador – aquele que compra para revender.

Com o distinto nome de epigramas[469],
E pedante rendeiro as dependura
Na dilatada frente, que ilumina,
Fazendo-as escrever em lindas tarjas.
Rançoso e mau poeta, não nasceste
Para cantar heróis, nem coisas grandes!
Se te queres moldar aos teus talentos,
Em tosca frase do país somente
Escreve trovas, que os mulatos cantem.

*

Andava, Doroteu, alegre a gente
Em bandos pelas ruas. Então vejo
Ao famoso Roquério neste traje:
As chinelas nos pés, descalça a perna,
Um chapéu muito velho na cabeça,
E fora dos calções a porca fralda;
Em um roto capote mal se embrulha,
E grande varapau[470] na mão sustenta,
Que mais de estorvo que de arrimo[471] serve;
Pois a cachaça ardente, que o alegra,
Lhe tira as forças dos robustos membros,
E põe-lhe peso na cabeça leve.[472]
Não repares, amigo, que te conte
Este sucesso, que parece estranho.
Este grande Roquério é um daqueles
Que assenta à sua mesa o nosso chefe.
Agora, amigo, vê se essa pintura
Não pode muito bem à nossa história,
Sem violência, servir também de enfeite.

*

Fiquemos, Doroteu, aqui, por ora;
Pois de tanto escrever a mão já cansa.
Em outra contarei o mais, que resta,
E vi no grão-passeio e mais no curro[473],
Aonde as cavalhadas se fizeram,
Aonde os maus capinhas[474] maltrataram,
Em vez de touros, mansos bois e vacas.

---

469. epigrama – pequena composição poética.
470. varapau – pau comprido.
471. arrimo – encosto.
472. "E põe-lhe peso na cabeça leve." – Roquério estava bêbado.
473. curro – curral; conjunto de touros e outras bestas.
474. capinha – capa com a qual o toureiro provoca o touro; o próprio toureiro.

Carta 6ª

Em que se conta o resto dos festejos

Eu ontem, Doroteu, fechei a carta
Em que te relatei da Igreja as festas;
E como trabalhava, por lembrar-me
Do resto do festejo, mal descalço,
Na cama os lassos[475] membros, me parece
Que vou entrando na formosa praça.
Não vejo, Doroteu, um curro feito
De pedaços informes de outros curros;
Sim vejo o mesmo curro, que o bom chefe
Riscou na seca praia, e nele vejo
As mesmas armações, e as mesmas caras.
Ora vou, doce amigo, aqui pintá-lo.

*

Na frente se levanta um camarote
Mais alto do que todos uma braça:
Enfeitam seu prospecto lindas colchas,
E pendentes cortinas de damasco;
À direita se assenta o nosso chefe.
Os régios magistrados não o cercam,
Nem o cerca também o nobre corpo
Dos velhos cidadãos, aquele mesmo,
Que faz de toda a festa os grandes gastos.
Com ele só se assenta a sua corte,
Que toda se compõe de novos Martes.
Aqui alguns conheço, que inda vivem
De darem o sustento, o quarto, a roupa,
E capim para a besta a quem viaja.
Conheço finalmente a outros muitos,
Que foram almocreves[476] e tendeiros,
Que foram alfaiates e fizeram,
Puxando a dente o couro, bem sapatos.
Agora, doce amigo, não te rias,
De veres que estes são aqueles grandes
Que, em presença do chefe, encostar podem

---
475. lasso – bambo; frouxo.
476. almocreve – que transporta bestas.

Os queixos nos bastões das finas canas.[477]
Os postos, Doroteu, aqui se vendem,
E como as outras drogas, que se compram,
Devem daqueles ser, que mais os pagam.

*

No meio desta turba[478], vejo um vulto,
Que moça me parece pelo traje:
Não posso conceber o como deva
Estar uma Senhora em tal palanque.
O chefe, eu discorria, inda[479] é solteiro,
E, quando não o fosse, a sua esposa
Não havia sentar-se com barbados.
Mil coisas, Doroteu, mil coisas feias
Me sugere a malícia, e todas falsas:
Aplico mais a vista, então conheço,
Que é uma muito esperta mulatinha,
Que dizem filha ser do seu lacaio.
Eis aqui, Doroteu, o como às vezes
Infames testemunhos se levantam
Às pessoas mais sérias: só Deus sabe
O que também dirão do teu Critilo!
Mas tu, prezado amigo, não te aflijas,
Que tudo é dessa classe, e se viveres
Ainda o hás de ver obrar milagres.

*

Pregado ao camarote do bom chefe
Se vê outro palanque igual em tudo
Aos rasos camarotes do mais povo.
Aqui têm seu lugar os senadores;
Com eles se incorporam outros muitos,
Que lograram de Edis as grandes honras.

*

Nos outros adornados[480] camarotes
Assistem as famílias mais honestas:
Aqui nada se vê que seja pobre.
Recreia, Doroteu, recreia a vista
O vário dos matizes[481]; cega os olhos

---
477. "Os queixos nos bastões das finas canas." – ficavam de cabeça baixa sobre a bengala.
478. turba – multidão.
479. inda – ainda.
480. adornado – enfeitado.
481. matiz – nuance de cores.

O contínuo brilhar das finas pedras.
No meio de um palanque então descubro
A minha, a minha Nise: está vestida
Da cor mimosa com que o Céu se veste.
Oh quanto! Oh quanto é bela! A verde olaia[482],
Quando se cobre de cheirosas flores:
A filha de Taumante, quando arqueia,
No meio da tormenta, o lindo corpo;
A mesma Vênus, quando toma e embraça
O grosso escudo e lança, por que vença
A paixão do deus Marte com mais força;
Ou quando lacrimosa se apresenta
Na sala de seu pai, para que salve
Aos seus troianos das soberbas ondas;
Não é, não é como ela, tão formosa.[483]
Qual o tenro[484] menino, a quem se chega
Defronte do semblante a vela acesa,
Umas vezes suspenso, outras risonho,
Os olhos arregala, e bem que o chamem,
A tesa vista não separa dela:
Assim eu, Doroteu, apenas vejo
A minha doce Nise, qual menino,
Os olhos nela fito cheios de água,
E por mais que me chamem, ou me abalem,
De embebido[485] que estou, não sinto nada.
No meio, Doroteu, de tanto assombro,
Me finge a perturbada fantasia
Novo sucesso, que me aflige e cansa.
Aparece no curro passeando
Sexagenário velho[486], em ar de moço,
Traja uma curta veste, calções largos
Da cor da seca rosa, a quem adorna[487]
O brilhante galão de fina prata:
Na bolsa do cabelo, que se enfeita
De duas negras plumas e de flocos,
Branquejam os vidrilhos[488]; e no peito
De flores se sustenta um grande molho.
Traz dois anéis nos dedos e fivelas

---
482. olaia – árvore leguminosa.
483. "Não é, não é como ela, tão formosa." – novamente a presença da mitologia, característica do Arcadismo, nas citações de divindades e a valorização da mulher no trecho apresentado.
484. tenro – jovem.
485. embebido – entorpecido; fora de si; abobado.
486. sexagenário velho – velho de sessenta anos.
487. adornar – enfeitar.
488. vidrilho – miçanga.

De amarelos topázios. Não caminha,
Sem que avante caminhe um branco pajem[489],
Atrás da cadeirinha, o seu moleque
Em forma de lacaio. Ah! Velho tonto,
Esse teu tratamento imita, imita
O estado que tem o rei do Congo.

*

Ponho os meus olhos no caduco Adônis,
Então se me figura que ele oferta
A Nise uma das flores, e que Nise
Com ar risonho no seu peito a prega.[490]
Aos zelos, Doroteu, ninguém resiste;
Sentem a sua força os altos deuses;
Os homens, mais as feras; e em Critilo
Não podes esperar paixões diversas.
Apenas isso vejo, exasperado,
Meto mão ao florete, e quando intento
O peito transpassar-lhe, então acordo;
E vendo-me às escuras sobre a cama,
Conheço que isso tudo foi um sonho.

*

Pintei-te, Doroteu, o grande curro
Da sorte que minha alma o viu sonhando;
Agora vou pintar-te os mais sucessos,
Que impressos ainda tenho na memória.

*

Ainda, Doroteu, no largo curro
Caretas não brincavam, nem se viam
Nos rasos camarotes altas popas[491],
Enfeites com que brilham néscias damas;
Quando já no castelo de madeira
As peças fuzilavam, sinal certo
De que o nosso herói, e o velho bispo
No adornado palanque se assentavam.
Agora dirás tu: "É forte pressa!
Os chefes nos teatros entram sempre
Às horas de correr-se acima o pano".
Amigo Doroteu, tu nunca viste

---

489. pajem – rapaz nobre que, para aprender os serviços das armas, aproxima-se, inseparável, de um senhor, rei etc..
490. "Com o ar risonho no peito a prega." – sorrindo a coloca no peito.
491. popa – parte posterior do navio, que se opõe à proa.

Uma criança a quem a mãe promete
Levá-la a ver de tarde alguma festa,
Que logo de manhã a mãe persegue,
Pedindo que lhe dispa os fatos velhos?
Pois eis aqui, amigo, o nosso chefe:
Não quer perder de estar casquilho e teso
No erguido camarote um breve instante.

*

Chegam-se, enfim, as horas do festejo;
Entra na praça a grande comitiva;
Trazem os pajens as compridas lanças
De fitas adornadas, vêm à destra
Os formosos ginetes arreados:
Seguem-se os cavaleiros, que cortejam
Primeiro ao bruto chefe, logo aos outros,
Dividindo as fileiras sobre os lados.
Não há quem no cortejo não receba
Em ar civil e grato: só o chefe
O corpo da cadeira não levanta,
Nem abaixa a cabeça; qual o dono
Dos míseros escravos, quando juntos
A benção vão pedir-lhe, por que sejam
Ajudados de Deus no seu trabalho.

*

Feitas as cortesias do costume,
Os destros cavaleiros galopeiam
Em círculos vistosos pelo campo:
Logo se formam em diversos corpos,
À maneira das tropas que apresentam
Sanguinosas[492] batalhas. Soam trompas,
Soam os atabales, os fagotes,
Os clarins, os boés, e mais as flautas.[493]
O fogoso ginete as ventas abre,
E bate com as mãos na dura terra:
Os dois mantenadores[494] já se avançam.
Aqui, prezado amigo, aqui não lutam,
Como nos espetáculos romanos,
Com forçosos leões, malhados tigres,
Os homens, peito a peito e braço a braço:
Jogam-se encontroadas, e se atiram

---

492. sanguinoso – sangrento.
493. "Os clarins, os boés, e mais as flautas." – instrumentos musicais.
494. mantenador – mantenedor; aquele que sustenta.

Redondas alcancias, curtas canas,
De que destro inimigo se defende
Com fazê-las no ar em dois pedaços.
Ao fogo das pistolas se desfazem
Nos postes as cabeças: umas ficam
Dos ferros traspassadas; outras voam
Sacudidas das pontas das espadas.
Airoso[495] Cavaleiro ao ombro encosta
A lança no princípio da carreira;
No ligeiro cavalo a espora bate;
Desfaz com mão igual o ferro, e logo
Que leva uma argolinha, a rédea toma,
E faz que o bruto pare. Doces coros
Aplaudem o sucesso, enchendo os ares
De grata melodia. Então vaidoso
Guiado de um padrinho, ao chefe leva
O sinal da vitória, que segura
Na destra aguda lança. O bruto chefe
Aceita a oferta em ar de majestade;
À maneira dos amos, quando tomam
As coisas que lhes dão os seus criados.
Nestes e noutros brincos inocentes
Se passa, Doroteu, a alegre tarde.

*

Já no sereno céu resplandeciam
As brilhantes estrelas; os morcegos
E as toucadas[496] corujas já voavam,
Quando, prezado amigo, nas janelas
Do nosso Sant'Iago se acendiam,
Em sinal de prazer as luminárias;
Ardem, pois, nas janelas de palácio
Duas tochas de pau, e sobre a frente
Da casa do Senado se levanta
Uma extensa armação, a quem enfeitam
Quatro mil tigelinhas. Meu Alberga,
Aqui o prêmio tens do teu trabalho;
Tu farás de torcidas e de azeite
Aos tristes camaristas contas largas;
E as arrobas de sebo, que não arde,
Desfeitas em sabão, mui bem te podem
Toda a roupa lavar por muitos anos.

---

495. airoso – elegante; esbelto; gentil.
496. toucado – de touca ou ornamentos na cabeça.

*

Nas margens, Doroteu, do sujo corgo[497],
Que banha da cidade a longa fralda,
Há uma curta praia, toda cheia
De já lavados seixos[498]: neste sítio
Um formoso passeio se prepara.
Ordena o sábio chefe que se cortem
De verdes laranjeiras muitos ramos;
E manda que se enterrem nessa praia,
Fingindo largas ruas. Cada tronco
Tem debaixo das folhas uma tábua
Sem lavor nem pintura, que sustenta
Doze tigelas do grosseiro barro.
No meio do passeio estão abertas
Duas pequenas covas pouco fundas,
Que lagos se apelidam; sobre as bordas
Ardem mil tigelinhas e o azeite
Que corre, Doroteu, dos covos cacos,
Inda é mais do que são as sujas águas,
Que nem os fundos cobrem desses tanques.
A tão formoso sítio tudo acode,
Ou seja de um, ou seja de outro sexo,
Ou seja de uma, ou seja de outra classe.
Aqui lascivo amante sem rebuço
À torpe concubina[499] oferta o braço:
Ali mancebo ousado assiste e faia[500]
À simples filha, que seus pais recatam.
A ligeira mulata, em trajes de homens,
Dança o quente lundu e o vil batuque;
E aos cantos do passeio inda se fazem
Ações mais feias, que a modéstia oculta.
Meu caro Doroteu, meu doce amigo,
Se queres que este sítio te compare,
Como sério poeta, aqui tens Chipre
Nos dias em que os povos tributavam
À deusa tutelar alegres cultos.
Se queres que o compare, como um homem
Que alguma noção tem das sacras letras,
Aqui Sodoma tens e mais Gomorra.[501]

---

497. corgo – córrego.
498. seixo – rocha.
499. concubina – casada.
500. faiar – espacejar.
501. "Sodoma tens e mais Gomorra." – segundo relatos bíblicos, Sodoma e Gomorra eram duas cidades conhecidas por sua libertinagem, promiscuidade, vadiagem etc.

Se queres finalmente, que o compare
A lugar mais humilde em tom jocoso[502],
Aqui, amigo, tens esse afamado
Quilombo, em que viveu o pai Ambrósio.

*

Depõe o nosso chefe a majestade;
E por ver as madamas, rebuçado[503]
No capote de berne corre as ruas,
Seguido, Doroteu, das suas guardas.
Depois de dar seus giros, vai sentar-se
Em um dos toscos bancos, onde tomam
Assento certas moças que puderam,
Não sei por que razão, cair-lhe em graça;
Não diz uma fineza às tais mocinhas;
Pois não é, Doroteu, porque não saiba,
Que ele tem muito estudo de *Florinda*,
Da *Roda da Fortuna* e de outros livros,
Que dão aos seus leitores grande massa.
É sim por sustentar a gravidade,
Que no público pede o seu emprego;
Mas para lhes mostrar o quanto as preza,
(Ó força milagrosa do Bestunto!)
Descobre esta feliz e nova traça:
Vai sentar-se na ponta do banquinho,
Umas vezes suspende ao ar o corpo;
Outras vezes carrega sobre a tábua,
E desta sorte faz que as belas moças,
Movidas do balanço, deem no vento
Milhares e milhares de embigadas[504].

*

Chega-se, Doroteu, defronte dele
Um máscara prendado: não estima
Os discretos conceitos; nem se agrada
De ver executar vistosos passos.
Manda sim, que arremede o nosso bispo;
Que arremede também o modo e o gesto
De um nosso general. São estes momos[505]
Os únicos que podem comovê-lo
No público a mostrar risonha cara.

---
502. jocoso – divertido; alegre.
503. rebuçado – ocultado; disfarçado.
504. embigada – embate do umbigo.
505. momo – deus do riso.

Oh! alma de fidalgo, ó chefe digno
De vestir a libré de um vil lacaio!

*

Cresceram, doce amigo, alguns foguetes
Da noite em que o Senado fez no curro
De pólvora queimar barris imensos.
Em uma noite clara, qual o dia.
Ordena que os foguetes vão aos ares;
Vai se pôr no passeio reclinado,
Sobre um monte de pedras; faz-lhe corte
A velha poetisa[506], que repete
Um soneto[507] que fez a certos males.
Começam os vapores do Ribeiro
A formar sobre a terra nuvens densas:
Não se veem, dos foguetes os chuveiros,
Não se veem as estrelas, nem as cobras,
Mas ele os deixas arder, e gasta a noite
Contente com ouvir alguns estalos,
E a bulha, que eles fazem, quando sobem.

*

Já chega, Doroteu, o novo dia,
O dia em que se correm bois e vacas.
Amigo Doroteu, é tempo, é tempo
De fazer-te excitar no peito brando
Afetos de ternura, de ódio e raiva.
No dia, Doroteu, em que se devem
Correr os mansos touros, acontece
Morrer a casta esposa de um mulato,
Que a vida ganha de tocar rabeca;
Dá-se parte do caso ao nosso chefe:
Este, prezado amigo, não ordena,
Que outro músico vá em lugar dele
A rabeca tocar no pronto carro:
Ordena que ele escolha ou a cadeia,
Ou ir tocar a doce rabequinha
Naquela mesma tarde pela praia.
Que é isso, Doroteu, estás confuso?
Duvidas que isso seja ou não verdade?
Então que hás de fazer, quando me ouvires
Contar desordens, que inda são mais calvas?

---

506. poetisa – feminino de poeta.
507. soneto – poema composto de dois quartetos e dois tercetos.

Indigno, indigno chefe, as leis sagradas
Não querem se incomodem alguns dias
Os parentes chegados dos defuntos,
Ainda para coisas necessárias;
E tu, cruel, violentas um marido
A deixar sobre a terra o frio corpo
Da sua terna esposa, sem que tenhas
Ao menos uma honesta e justa causa!
Bárbaro, tu praticas tudo junto,
Quanto obraram, no mundo, os maus tiranos!
Mesêncio ajuntava os corpos vivos
Aos corpos já corruptos, e tu segues
Outros caminhos, que inda são mais novos.
Separas dos defuntos os que vivem;
Não queres que os parentes sejam pios,
Dando as últimas honras aos seus mortos!

*

Chega-se finalmente a tarde alegre
Do festejo dos touros. Já no curro
Aparecem os dois formosos carros.
O primeiro derrama sobre a terra,
Por bocas de serpentes escamosas,
Dois puros chorros de água: no segundo
Se levantam alegres doces vozes,
Que vários instrumentos acompanham.
Aqui entre os que tocam se divisa
Um triste rosto, que se alaga em pranto.
Não sabes, Doroteu, quem este seja?
Pois é, prezado amigo, aquele triste,
Que tem a mulher morta sobre a cama.
O nosso grande chefe mal conhece
Ao pobre do viúvo, compassivo
Mete a mão no seu bolso, e dele tira
Um famoso cartucho, que lhe entrega.
O néscio rabequista[508], que a ação nota,
Um pouco suaviza a sua mágoa;
E enquanto não recebe o tal embrulho,
Consigo assim discorre: "Que ditosa[509],
Que ditosa violência, que socorre
Em tal ocasião a minha falta!
Já tenho com que pague ao meu vigário[510];

---

508. rabequista – quem toca rabeca.
509. ditoso – feliz; venturoso.
510. vigário – substituto.

Já tenho com que pague a cera, a cova,
A mortalha[511], o caixão, e mais os padres.[512]
Assim o bom viúvo discorria,
Quando pega no embrulho, e mal o rasga,
Encontra, Doroteu, confeitos grandes,
Encontra manuscrísti e rebuçados.
Que é isso, Doroteu, de novo pasmas?
De novo desconfias da verdade?
Amigo Doroteu, o nosso chefe
Estudou medicina, e como alcança,
Que o chorar faz defluxo[513], providente
Ministra rebuçados a quem chora,
Para com eles acudir-lhe ao peito.

*

Principiam os touros, e se aumentam
Do chefe as parvoíces[514]. Manda à praça
Sem regra, sem discurso e sem concerto.
Agora sai um touro levantado,
Que ao mau capinha sem fugir espera;
Acena-lhe o capinha, ele recua,
E atira com as mãos ao ar a terra.
Acena-lhe o capinha novamente;
De novo raspa o chão e logo investe;
Lá vai o mau capinha pelos ares,
Lá se estende na areia, e o bravo touro
Lhe dá com o focinho um par de tombos,
Nem deixa de pisá-lo, enquanto o néscio
Não segue o meio de fingir-se morto.
Meu esperto boizinho, em paz te fica;
Que o nosso chefe ordena te recolham,
Sem fazeres mais sorte, e te reserva
Para ao curro saíres, quando forem
Do Senhor do Bonfim as grandes festas.
Agora sai um touro, que é prudente;
Se o capinha o procura, logo foge;
Os caretas lhe dão mil apupadas[515]:
Um lhe pega no rabo, e o segura;
Outro intenta montá-lo; e o grande chefe

---

511. mortalha – pano ou veste com que se envolve o cadáver em seu funeral.
512. "A mortalha, o caixão, e mais os padres." – pensamentos do novo viúvo em relação ao destino do dinheiro que poderá gastar.
513. defluxo – inflamação nasal.
514. parvoíce – tolice.
515. apupada – vaia.

O deixa passear por largo espaço;
Manda soltar-lhe os cães, manda meter-lhe
As garrochas[516] de fogo, que primeiro
Que a pele rompam do ligeiro bruto,
Nos destros dedos do capinha estalam.
Com esses maus festejos, que aborrecem,
Se gastam muitos dias. Já o povo
Se cansa de assistir na triste praça;
E ao ver-se solitário, o bruto chefe
Nos trata por incultos, mais ingratos.

*

Soberbo e louco chefe, que proveito
Tiraste de gastar em frias festas
Imenso cabedal, que o bom Senado
Devia consumir em coisas santas?
Suspiram pobres amas e padecem
Crianças inocentes, e tu podes
Com rosto enxuto[517] ver tamanhos males?
Embora! Sacrifica ao próprio gosto
As fortunas dos povos que governas;
Virá dia em que mão robusta e santa,
Depois de castigar-nos, se condoa[518],
E lance na fogueira as varas torpes.
Então rirão aqueles que choraram;
Então talvez que chores, mas debalde:
Que suspiros e prantos nada lucram
A quem os guarda para muito tarde.

---

516. garrocha – haste de pau que tinha na extremidade um ferro farpado com que se toureava antes do uso da bandarilha.
517. enxuto – seco; sem lágrimas.
518. condoer – sentir dó.

Carta 7ª

Em que se trata da venda dos despachos e contratos

Os grandes, Doroteu, da nossa Espanha
Têm diversas herdades: uma delas
Dá trigo, dá centeio e dá cevada;
As outras têm cascatas e pomares,
Com outras muitas peças, que só servem
Nos calmosos verões de algum recreio.
Assim os generais da nossa Chile
Têm diversas fazendas: numas passam
As horas de descanso; as outras geram
Os milhos, os feijões e os úteis frutos
Que podem sustentar as grandes casas.[519]
As quintas, Doroteu, que mais lhes rendem,
Abertas nunca são do torto arado;
Quer chova de contínuo, quer se gretem[520]
As terras, ao rigor do sol intenso,
Sempre geram mais frutos do que as outras,
No ano em que lhes corre ao próprio o tempo.
Estas quintas, amigo, não produzem
Em certas estações; produzem sempre;
Que os nossos generais, tomando a foice
Vão fazer nas searas[521] a colheita.
Produzem, que inda é mais, sem que os bons chefes
Se cansem com amanhos[522], nem ainda
Com lançarem nos sulcos as sementes.
Agora dirás de assombro cheio:
"Que ditosas campinas! Desta sorte
Só pintam os Elíseos os poetas".
Amigo Doroteu, és pouco esperto.
As fazendas que pinto não são dessas,
Que têm para a cultura largos campos,
E virgens matarias, cujos troncos
Levantam sobre as nuvens grossos ramos.

---

519. "Que podem sustentar grandes casas." – em Vila Rica há grandes proprietários que possuem pelo menos duas terras. Uma para divertimento e outra que gera lucros tão altos que podem sustentar várias famílias ou casas luxuosas.
520. gretar – abrir.
521. seara – campos semeados com cereais.
522. amanho – utensílio.

Não são, não são fazendas onde paste
O lanudo[523] carneiro e a gorda vaca,
A vaca, que salpica as brandas ervas
Com o leite encorpado, que lhe escorre
Das lisas tetas, que no chão lhe arrastam;
Não são enfim herdades, onde as louras
Zunidoras abelhas de mil castas,
Nos côncavos das árvores já velhas,
Que bálsamos destilam, escondidas,
Fabriquem rumas[524] de gostosos favos.[525]
Estas quintas são quintas só no nome,
Pois são os dois contratos, que utilizam
Aos chefes, inda mais que ao próprio Estado.

*

Cada triênio[526], pois, os nossos chefes
Levantam duas quintas ou herdades;
E quando o lavrador da terra inculta
Despende o seu dinheiro no princípio,
Fazendo levantar de paus robustos
As casas de vivenda e, junto delas,
Em volta de um terreiro, as vis senzalas;
Os nossos generais, pelo contrário,
Quando essas quintas fazem, logo embolsam
Uma grande porção de louras barras[527].

*

A primeira fazenda, que o bom chefe
Ergueu nestas campinas, foi a grande
Herdade, que arrendou ao seu Marquésio.
As línguas depravadas espalharam,
Que, para o tal Marquésio entrar de posse,
Largara ao grande chefe só de luvas
Uns trinta mil cruzados: bagatela.
Os mesmos maldizentes acrescentam,
Que o pançudo Robério fora aquele
Que fez de corretor no tal contrato.
Amigo Doroteu, eu tremo e fujo
De encarregar minha alma. O bom Virgílio

---
523. lanudo – que tem lã.
524. ruma – grande quantidade.
525. "Fabriquem rumas de gostosos favos." – observe como o autor exalta com suas palavras a simplicidade do campo, ideia também característica do Arcadismo.
526. triênio – período de três anos.
527. louras barras – barras de ouro.

Talvez, talvez que aflito se revolva,
No meio da fogueira devorante,
Por dizer que adorara, ao pio Enéias,
Uma casta rainha, cujos ossos
Estavam no sepulcro, já mirrados,
Havia coisa de trezentos anos.
Eu não te afirmo, pois, que se fizesse
A venda vergonhosa: só te afirmo
Que o mundo assim o julga, e que essa fama
Não deixa de firmar-se em bons indícios.
As leis do nosso Reino não consentem
Que os chefes deem contratos contra os votos
Dos retos deputados que organizam
A Junta da Fazenda, e o nosso chefe
Mandou arrematar ao seu Marquésio
O contrato maior, sem ter um voto,
Que favorável fosse aos seus projetos.
As mesmas santas leis jamais concedem
Que possa arrematar-se algum contrato
Ao rico lançador, se houver na praça
Um só competidor de mais abono[528].
E o nosso general mandou, se desse
O ramo ao lançador, que apenas tinha
Uns vinte mil cruzados em palavra;
Deixando preterido outro sujeito
De muito mais abono, e a quem devia
Um grosso cabedal o régio erário.
Mal acaba Marquésio o seu triênio,
Outro novo triênio lhe arremata,
Sem que um membro da Junta em tal convenha;
E tendo o tal Marquésio no contrato,
Perdido grandes somas, lhe dispensa
Outras fianças dar a nova renda.
Amigo Doroteu, o nosso chefe,
Que procura tirar conveniência
Dos pequenos negócios e despachos,
Daria esse contrato ao bom Marquésio,
Esse grande contrato, sem que houvesse,
De paga equivalente, ajuste expresso?
Amigo Doroteu, se não sou sábio,
Não sou, também, tão néscio, que nem saiba
Das premissas tirar as consequências.
Agora dirás tu: "Se o patrimônio

---

528. abono – admiração.

De Marquésio consiste, como afirmas,
Em vinte mil cruzados em palavra,
Como de luvas[529] deu ao chefe os trinta?".
Amigo Doroteu, estou pilhado;
A palavra, que sai da boca fora,
É como a calhoada[530], que se atira,
Que já não tem remédio; paciência.
Eu as ervas arranco, e desde agora
Contigo falarei com mais cautela.
Mas que vejo! Tu riste? Acaso pensas
Que me tens apanhado na verdade?
A mim nunca apanharam os capuchos,
Quando no raso assento defendia,
Que a natureza não tolera o vácuo,
Que os cheiros são ocultas entidades,
Com outras mil questões da mesma classe.
E tu, meu doce amigo, pertendias
Convencer-me em matéria, em que dar posso
A todos de partido a sota[531] e o basto[532]?
Desiste, Doroteu, do louco intento;
Faze uma grande cruz na lisa testa;
Dá figas[533] ao demônio, que te atenta.
Ora ouve a solução desse argumento;
Bem que pingante seja quem remata[534]
Esse grande contrato, mercadeja[535]
Com perto de um milhão; por isso todos
Lhe emprestam prontamente os seus dinheiros.

*

Os chefes, Doroteu, que só procuram
De barras entulhar as fortes burras,[536]
Desfrutam juntamente as mais fazendas,
Que os seus antecessores levantaram.
Nem deixam descansar as férteis terras,
Enquanto não as põem em sabambaias.
Aqui agora tens, meu Silverino,
O teu próprio lugar. Tu és honrado,
E prezas, como eu prezo, a sã verdade;

---
529. como de luvas – como de brinde; bônus.
530. calhoada – pedrada.
531. sota – descanso; situação favorável.
532. basto – fartura.
533. figa – expressão que se faz com a mão, usada para afastar males.
534. rematar – concluir.
535. mercadejar – negociar; vender.
536. "De barras entulhar as fortes burras," – acumular riquezas.

Por isso nos confessa que tu ganhas
A graça deste chefe, porque envias,
Pela mão de Matúsio, seu agente
Em todos os trimestres[537] as mesadas.
Eu sei, meu Silverino, que quem vive
Na nossa infeliz Chile, não te impugna[538]
Tão notória[539] verdade. Porém deve
Correr estranhos climas esta história;
E como tu não vás também com ela,
É justo que lhe ponha algumas provas.

*

A sábia Lei do Reino quer e manda,
Que os nossos devedores não se prendam[540].
Responde agora tu, por que motivo
Concede o grande chefe que tu prendas
A quantos miseráveis te deverem?
Porque, meu Silverino? Porque largas,
Porque mandas presentes, mais dinheiro.
As mesmas leis do Reino também vedam[541]
Que possa ser juiz a própria parte.
Responde agora mais, por que princípio
Consente o nosso chefe, que tu sejas
O mesmo que encorrente a quem não paga?
Por que, meu Silverino? Porque largas,
Porque mandas presentes, mais dinheiro.
Os sábios generais reprimir devem
Do atrevido vassalo as insolências;
Tu metes homens livres no teu tronco;
Tu mandas castigá-los, como negros;
Tu zombas da Justiça; tu aprendes;
Tu passas portarias, ordenando
Que com certas pessoas não se entenda.
Por que, por que razão o nosso chefe
Consente que tu faças tanto insulto,
Sendo um touro, que parte ao leve aceno?
Por que, meu Silverino? Porque largas,
Porque mandas presentes, mais dinheiro.
A lei do teu contrato não faculta,
Que possas aplicar aos teus negócios

---

537. trimestre – período de três meses.
538. impugnar – ir contra; vetar.
539. notório – que não é secreto; que se percebe com facilidade.
540. mesmo a lei não permitindo que se maltratasse ou escravizasse os devedores, o chefe permitia.
541. vedar – tampar; esconder.

Os públicos dinheiros. Tu com eles
Pagaste aos teus credores grandes somas:
Ordena a sábia Junta, que dês logo
Da tua comissão estreita conta;
O chefe não assina a portaria,
Não quer que se descubra a ladroeira;
Porque tu favorece ainda à custa[542]
Dos régios interesses, quando finge
Que os zela muito mais que as próprias rendas.
Por que, meu Silverino? Porque largas,
Porque mandas presentes, mais dinheiro.
Apenas apareces... Mas não posso
Só contigo gastar papel e tempo.
Eu já te deixo em paz, roubando o mundo,
E passo a relatar ao caro amigo
Os estranhos sucessos que ainda faltam;
Nem todos lhe direi, pois são imensos.[543]

*

Pretende, Doroteu, o nosso chefe
Mostrar um grande zelo nas cobranças
Do imenso cabedal que todo o povo,
Aos cofres do monarca, está devendo.
Envia bons soldados às comarcas,
E manda-lhes que cobrem, ou que metam
A quantos não pagarem nas cadeias.
Não quero, Doroteu, lembrar-me agora
Das leis do nosso Augusto; estou cansado
De confrontar os fatos deste chefe
Com as disposições do são Direito;
Por isso pintarei, prezado amigo,
Somente a confusão e a grã-desordem,
Em que a todos nos pôs tão nova ideia.
Entraram nas comarcas os soldados,
E entraram a gemer os tristes povos;
Uns tiram os brinquinhos das orelhas
Das filhas e mulheres: outros vendem
As escravas, já velhas, que os criaram,
Por menos duas partes do seu preço.
Aquele que não tem cativo, ou joia,
Satisfaz com papéis, e o soldadinho
Estas dívidas cobra, mais violento

---

542. "Porque tu favorece ainda à custa" – Silverino também dá lucro para os roubos do chefe sem nem suspeitar.
543. "Nem todos lhe direi, pois são imensos." – não contará tudo, pois há muito que revelar.

Do que cobra a Justiça uma parcela,
Que tem executivo aparelhado,
Por sábia ordenação do nosso Reino.[544]
Por mais que o devedor exclama e grita
Que os créditos são falsos, ou que foram
Há muitos anos pagos: o ministro
Da severa cobrança a nada atende;
Despeza esses embargos, bem que o triste
Proteste de os provar *incontinenti*[545].

*

Não se recebem só, prezado amigo,
Os créditos alheios para embolso
Das dívidas fiscais. O soldadinho
Descobre um ramo aqui de bom comércio:
Aquele que não quer propor demandas
Promete-lhe a metade, ou mais ainda
Das somas que lhe entrega, e ele as cobra,
Fingindo que as tomou em pagamento
Das dívidas do rei. Ainda passa
A mais esta desordem: faz penhoras,
E manda arrematar ao pé da igreja
As casas, os cativos, mais as roças.

*

Agora, Fanfarrão, agora falo
Contigo, e só contigo. Por que causa
Ordenas que se faça uma cobrança
Tão rápida e tão forte contra aqueles
Que ao erário só devem tênues somas[546]?
Não tens contratadores, que ao rei devem
De mil cruzados centos e mais centos?
Uma só quinta parte, que estes dessem,
Não matava, do erário, o grande empenho?
O pobre, porque é pobre, pague tudo;
E o rico, porque é rico, vai pagando
Sem soldados à porta, com sossego!
Não era menos torpe, e mais prudente
Que os devedores todos se igualassem?
Que sem haver respeito ao pobre ou rico
Metessem no erário um tanto certo,
À proporção das somas que devessem?

---

544. "Por sábia ordenação do nosso Reino." – fazem de tudo para juntar dinheiro e quitar suas dívidas.
545. *incontinenti* – plural de raiz latina, significa *sem moderação, imoderados*.
546. tênue soma – baixa ou insignificante quantia.

Indigno, indigno chefe! Tu não buscas
O público interesse. Tu só queres
Mostrar ao sábio Augusto um falso zelo;
Poupando ao mesmo tempo os devedores,
Os grossos devedores, que repartem
Contigo os cabedais, que são do Reino.

*

Talvez, meu Doroteu, talvez que entendas,
Que o nosso Fanfarrão estima e preza
Os rendeiros que devem, por sistema;
Só para ver se os ricos desta terra,
À força de favores animados,
Se esforçam a lançar nas régias rendas.
Amigo Doroteu, o nosso chefe,
Se faz alguma coisa, é só movido
Da loucura, ou do sórdido interesse.
Eu vou, prezado amigo, eu vou mostrar-te
Esta santa verdade com exemplos.

*

Morre um contratador e se nomeia,
Para tratar dos bens, um seu parente,
Que Ribério se chama. Não te posso
Explicar o fervor com que Ribério
Demanda os devedores, vence e cobra
Os cabedais dispersos desta herança.
Estava quase extinto o que devia
A fazenda do rei: então o chefe
Lhe ordena satisfaça todo o resto,
No peremptório[547] termo que lhe assina.
Exclama o bom Ribério que não pode;
Pois todo o cabedal, que tem cobrado,
Ou está nas demandas consumido,
Ou tem entrado já no régio erário.
E para bem mostrar esta verdade,
Suplica ao grande chefe, que lhe escolha
Um reto magistrado, que lhe tome
Da sua comissão estreita conta.
Pois isto, Doroteu, não vale nada:
Sem contas lhe tomarem, manda o chefe,
Que gema na cadeia, até que pague.[548]

---
547. peremptório – decisivo; definitivo.
548. "Que gema na cadeia, até que pague." – que fique preso até quitar sua dívida.

Já viste uma insolência semelhante?
Aos grandes devedores não se assinam
Os termos peremptórios para a paga;
Nem vão para as cadeias, bem que comam
A fazenda do rei; e só Ribério,
Sendo um procurador, que nada deve,
Vai viver na prisão, por tempos largos?
Amigo Doroteu, o nosso chefe
Patrocina aos velhacos, que lhe mandam,
Para que mais lhe mandem. Prende e vexa[549]
Aos justos, que entesouram[550] suas barras,
Para ver, se oprimidos se resolvem
A seguir os caminhos dos que largam.

*

Remata-se um contrato a um sujeito,
Que o pode bem pagar, por mais que perca;
Pertende[551] um fiador desse contrato
Ir tratar no Peru do seu comércio:
Vai licença pedir ao grande chefe,
E o chefe lha concede. Escuta agora;
Ouvirás uma ação, a mais indigna
De quantas por marotos se fizeram.
Apenas o tal homem sai da terra,
Se despede uma esquadra de soldados,
Que mal com ele topa, lhe dá busca;
As cargas se revolvem, nem lhe escapam
As grosseiras cangalhas, que se quebram:
Não acham contrabandos; porém sempre
Lhe tomam os dinheiros, que ele leva.
E o grande chefe ordena que se metam
No régio erário todos, inda aqueles,
Que são de vários donos. Dize, amigo,
Já viste uma injustiça assim tão clara?
Aos grossos devedores não se tomam
Os seus próprios dinheiros, bem que tenham
Comido os cabedais dos seus contratos:
E ao simples fiador de um rematante,
Que nada ainda deve, e que tem muito,
Vão-se à força tomar os seus dinheiros,
E os dinheiros, que é mais, de estranhas partes!
Agora, Doroteu, não tens que digas:

---

549. vexar – envergonhar.
550. entesourar – guardar riquezas.
551. pertende – corruptela portuguesa de pretende.

Hás de enfim confessar, que o nosso chefe
Somente não oprime a quem lhe larga.
Ora, ouve as circunstâncias que inda acrescem,
E que inda afeiam mais o torpe caso.

*

Espalham as más línguas, que Matúsio
Pedira ao tal sujeito, lhe comprasse
Uns finos guardanapos e toalhas;
Que o fiador mesquinho lhes trouxera;
E vendo que Matúsio se esquecia,
Lhe chegou a pedir sem pejo a paga:
Que o chefe, ressentido desta injúria,
Lhe mandou dar a busca por vingança,
E que até ao presente inda não consta,
Que o preço da encomenda se pagasse.
Que mais pode fazer o seu lacaio?
Isso não é mais feio que despir-se
A preciosa capa ao grande Jove;
E mandar-se tirar ao sábio filho,
O famoso Esculápio, as barbas de ouro?

*

Amigo Doroteu, se acaso vires
Na corte, algum fidalgo pobre e roto,
Dize-lhe que procure este governo;
Que a não acreditar que há outra vida,
Com fazer quatro mimos aos rendeiros,
Há de à pátria voltar, casquilho e gordo.

Carta 8ª

Há tempo, Doroteu, que não prossigo
Do nosso Fanfarrão a longa história.
[...]
Que não busque cobri-los com tal capa,[552]
Que inda se persuada[553] que os mais homens
Lhos ficam respeitando como acertos?

---

552. "Que não busque cobri-los com tal capa," – que não os esconda com uma falsa aparência.
553. persuadir – convencer.

Enquanto ao conhecer desses despejos,
Pespega à Lei a boa inteligência,
Que extensiva se chama: sim entende,
Que aonde o rei ordena que só haja
Recurso a ele mesmo, nos faculta
Recurso aos generais; pois que estes fazem
Em tudo, e mais que em tudo as suas vezes.
Ah! dize, meu amigo, se podia
Dar-lhe outra inteligência o mesmo Acúrsio?
Esse grande doutor, que já nos finge
Nos princípios de Roma conhecida
A divina Trindade, e que pondera
Que do cão, que na palha está deitado,
A velha fúsia Lei se diz canina.
Maldito, Doroteu, maldito seja
O pai de Fanfarrão, que deu ao mundo,
Ao mundo literário tanta perda,
Criando ao hábil filho numa corte,
Qual morgado, que habita em pobre aldeia!
Ah! se ele, doce amigo, assim discorre,
Sabendo apenas ler redonda letra,
Que abismo não seria, se soubesse
Verter o breviário[554] em tosca prosa!
Se entrasse em Salamanca, e ali ouvisse
Explicar a questão daquela escrava,
Que foi manumetida em testamento,
Se três filhos parisse; e outras muitas,
Que os lentes nos ensinam desta casta!

*

Enquanto, Doroteu, ao outro ponto
De julgar aos expulsos inocentes,
Também razão lhe dou; porque primeiro
Se informa com aqueles, que os réus dizem
Que sabem mais que todos do seu caso.
Nem é de presumir que estes lhe faltem
À verdade jurando: pois têm alma.
Sê boa testemunha, meu Paizinho,
A quem o vulgo chama Pé de Pato.
Confessa se não foste o que juraste,
Que deste uma denúncia e fora falsa.
Indigno e bruto chefe, em que direito

---

554. breviário – livro de orações, salmos etc., que os religiosos e sacerdotes rezam diariamente, em várias horas do dia.

Entendes que se firmam tais processos?
Um réu, a quem condena um magistrado,
Pode mostrar o injusto da sentença
Dando umas testemunhas que juraram
Sem haver citação da sua parte?
Dando umas testemunhas inquiridas[555]
Por juiz que não pode perguntá-las?
E como, louco chefe, e como sabes
Que a defesa convence, se nem viste
Os autos, em que a culpa está formada?
Suponho que juraram novamente
Aqueles mesmos que as denúncias deram.
O segundo e contrário juramento
Não é que se reputa sempre o falso?
E quem chega a comprar um grande chefe,
Não pode inda melhor comprar um negro?
Amigo Doroteu, esses pretextos
São como as bigodeiras, que não podem
Fazer, se não conheçam as pessoas,
Que dançam nos teatros por dinheiro.
Não lucra, doce amigo, o nosso chefe
Somente em revogar[556] os extermínios,
Que fazem os ministros: ele mesmo
Ordena se despejem os ricaços,
Ainda que estes vivam sem suspeita
Do infame contrabando: dessa sorte
Os obriga também a vir à tenda
Comprar, por grossas barras, seus despachos.
Todos largam enfim, e todos entram
No vedado distrito, sem que importe
Haver ou não haver de crime indício.
Só tu, meu Josefino, só tu ficas
No mandado desterro, por teimares
Em não querer largar ao vil Matúsio
Uns tantos mil cruzados, que pedia.
Só tu... Porém, amigo, é tempo, é tempo
De fechar esta carta, pois ainda
Que a matéria por nova te deleite,
A muita difusão também enfada.
Eu a pena deponho, e só te peço
Que tomes a lição, que te apresenta
O nosso Fanfarrão no seu mulato.

---

555. inquirir – indagar; questionar.
556. revogar – anular; deixar sem efeito.

Não desfaças, amigo, as ruças becas:
Vai-as distribuindo aos teus lacaios,
Bem como faz o chefe às suas fardas;
Que, enquanto estes as rompem, poupam
As librés amarelas asseadas[557].

Carta 9ª

Em que se contam as desordens que Fanfarrão obrou no governo das tropas

Agora, Doroteu, agora estava
Bamboando[558] na rede preguiçosa,
E tomando na fina porçolana
O mate[559] saboroso, quando escuto
De grossa artilharia o rouco estrondo.
O sangue se congela, a casa treme,
E pesada porção de estuque[560] velho,
À violência do abalo despegada
Da barriguda esteira, faz que eu perca
A tigela esmaltada, que era a coisa
Que tinha nesta casa de algum preço.

*

Apenas torno em mim daquele susto,
Me lembra ser o dia em que o bom chefe
Aos seus auxiliares lições dava,
Da que Saxe chamou pequena guerra.
Amigo Doroteu, não sou tão néscio,
Que os avisos de Jove não conheça.
Castigou, castigou o meu descuido,
Pois não me deu a veia de poeta,
Nem me trouxe, por mares empolados[561],
A Chile, para que gostoso e mole
Descanse o corpo na franjada rede.

---
557. asseado – limpo ou enfeitado.
558. bamboar – balançar.
559. mate – chá.
560. estuque – pó de mármore.
561. empolado – inchado.

*

Nasceu o sábio Homero[562] entre os antigos,
Para o nome cantar do grego Aquiles;
Para cantar também ao pio Enéias,
Teve o povo romano o seu Virgílio.[563]
Assim para escrever os grande feitos
Que o nosso Fanfarrão obrou em Chile,
Entendo, Doroteu, que a Providência
Lançou na culta Espanha o teu Critilo.
Ora pois, Doroteu, eu passo, eu passo
A cumprir respeitoso os meus deveres.
E já que o meu herói agora adestra
Esquadras belicosas[564], também hoje
Tomarei por empresa só mostrar-te
Que ele fez na milícia grandes coisas.

*

Há nesta capital um regimento
De tropa regular, a quem se paga.
Tu sabes, Doroteu, que não há corpo,
Que todo de iguais membros se componha.
Das ordens mais austeras, que fizeram
Os santos penitentes patriarcas,
Saíram contra o trono rebelados
Os infames Clementes, e saíram
Contra o dogma os Calvinos e os Luteros[565]:
O mesmo apostolado teve um Judas[566].
Se isto, Doroteu, assim sucede
Nos corpos, que se formam de escolhidos,
Que não sucederá nos grandes corpos,
Aonde se recebam as pessoas
Que timbre fazem dos seus próprios vícios?

*

O meio, Doroteu, o forte meio,
Que os chefes descobriram para terem
Os corpos que governam, em sossego,
Consiste em repartirem com mão reta
Os prêmios e os castigos, pois que poucos

---

562. Homero – poeta grego; autor de *Odisseia* e *Ilíada*.
563. "Teve o povo romano o seu Virgílio." – cita o poeta épico romano Virgílio, para retomar aqueles que cantaram os grandes feitos de grandes homens retratados na poesia clássica.
564. belicoso – agressivo; que incita à guerra.
565. Calvinos e Luteros – refere-se aos dois grandes líderes da reforma protestante.
566. Judas – refere-se a Judas, que traiu Cristo; traidor.

Os delitos evitam, porque prezam
A cândida virtude: os mais dos homens
Aos vícios fogem, porque as penas temem.[567]
Ora ouve, Doroteu, o como o chefe
Os castigos reparte aos seus guerreiros.

*

Não há, não há distúrbio nesta terra,
De que mão militar não seja autora.
Chega, prezado amigo, a ousadia
De um indigno soldado a este excesso:
Aperta na direita o ferro agudo,
E penetra as paredes de palácio,
No meio de uma sala, aonde estavam
As duas sentinelas[568], que defendem
Da casa do dossel[569] a nobre entrada.
Aqui, meu Doroteu, aqui se chega
Ao camarada inerme[570], e pelas costas
O deixa quase morto a punhaladas.

*

Que esperas tu agora, que eu te diga?
Que o militar conselho já se apressa?
Que já se liga ao poste o delinquente?
Que os olhos, com o lenço já lhe cobrem?
Que a bala zunidora já lhe rompe
O peito palpitante? Que suspira?
Que lhe cai sobre os ombros a cabeça?
Meu caro Doroteu, o nosso chefe
É muito compassivo sim: bem pode
Oprimir os paisanos inocentes,
Com pesadas cadeias, pode ainda
Ver o sangue esguichar das rotas costas
À força dos zorragues; mas não pode
Consentir que se dê nos seus soldados
Por maiores insultos, que cometam,
A pena inda mais leve: assim praticam
Os famosos guerreiros, que nasceram
Para obrarem no mundo empresas grandes.

*

---

567. "Aos vícios fogem, porque as penas temem." – diz que são poucos os que respeitam as leis por conta da ética, das virtudes. Muitos só a respeitam por medo da punição.
568. sentinela – vigilante; espião.
569. dossel – armação de cima dos altares e tronos.
570. inerme – desarmado; que não tem como se defender.

Ele sim bem conhece, que não há de
Talar com essas tropas, as campinas;
Que o Céu lhe não concede a esperança
De entrar no templo augusto da Vitória,
Coberto de poeira e negro sangue.
Mas sempre, Doroteu, as quer propícias[571]:
Pois ainda que não cinjam[572] as espadas
Para cortar loureiros[573] e carvalhos,
Que a testa lhes circulem; são aquelas
Que prontas executam seus mandados;
São aquelas, que infundem nestes povos
O medo e sujeição, com que toleram
O verem em desprezo as leis sagradas.

*

Conhece, Doroteu, o próprio chefe,
Que vai passando a muito a liberdade
Das fardas atrevidas, e querendo
A tais desordens pôr remédio e freio:
Não manda que se cumpram as leis santas,
Que aos delitos arbitram justas penas.
Manda sim um cartaz aonde inova,
Que todos os domingos na parada,
Se leia o Militar Regulamento.
Indigno e bruto chefe, de que serve
Que se leiam as leis, se os malfeitores
Do que mandam não veem um só exemplo?
Tens visto, Doroteu, o como o chefe
Os delitos castiga; agora sabe
Da sorte que reparte aos bons os prêmios.

*

Morreu um capitão, e subiu logo
Ao posto devoluto um bom tenente.
Porque foi, Doroteu? Seria acaso
Por ser tenente antigo? Ou porque tinha
Com honra militado? Não, amigo,
Foi só porque largou três mil cruzados!
Ah não mudes a cor de teu semblante,
Prudente Maximino! Não, não mudes;
Que importa que comprasses a patente?

---

571. propício – favorável.
572. cingir – apertar.
573. loureiro – árvore que tem folhas o ano todo; por força da mitologia grega, a predileta de Apolo, de cujas folhas se coroava.

Se tu a merecias, a vileza[574]
Da compra não te infama; sim ao chefe,
Que nunca faz justiça, sem que a venda.

*

Reforma um capitão e, no seu posto,
Encaixa sem vergonha a Tomasine,
Um moço, na milícia pouco esperto,
Que um ano inda não tinha de tenente.
Em que guerras andou, em que campanhas?
Quais as feridas, que no corpo mostra?
Aonde, aonde estão as diligências[575],
As grandes diligências arriscadas,
Que fez este mancebo, com que possa
Preferir aos antigos, destros cabos?
Ah! Sim, eu já me lembro! Tem serviços,
Tem famosos serviços na verdade.
A casa desse moço, bem que pobre,
É a casa somente, aonde o chefe
Entra em ar de visita, bebe e folga.
Aqui tens teu lugar, meu bom Lobésio;
Tu foste a capitão e tu passaste
Ao posto de major em breves meses.
Quais são os teus serviços? Quais? Responde.
Mas não, não me respondas: eu conheço
Que és tolo, que és brejeiro[576], e mais que mandas
As redradas pedrinhas. Estes dotes
Te fazem no conceito do teu chefe
Um digno pai da pátria, herói do Reino.
Também tu, ó Padela, te distingues
Na corja dos marotos. Tu conservas
De capitão o cargo; mas tu logras[577]
O soldo de major, e mais as honras.
Que foi que te fez digno de subires
À privança do chefe? Ah! sim, eu vejo
O teu merecimento! É coisa grande:
Ultrajas aos ministros e proteges
A todos os tratantes, que exercitam
O furto e o contrabando. Tu piedoso
Não queres ver perdido um só soldado:
Se algum, se algum consente que se escalem

---

574. vileza – característica de quem é vil, desprezível, indigno.
575. diligência – zelo; cuidado.
576. brejeiro – ordinário; grosseiro.
577. lograr – gozar; aproveitar.

Os vedados lugares, tu escreves
Ao sucessor honrado e lhe suplicas
Que parte não te dê, de um tal desmancho.
O teu fidalgo peito não se vence
Da sórdida[578] avareza. Tu repartes
Os luzentes seixinhos[579] c'o teu chefe;
E bem que o seu Matúsio em nome dele
Os ache miudinhos, sempre servem.
Também tu, digno irmão, também cavalgas
O posto de tenente, por dizeres
Que honrado comandante na parada
Austero te corrige por falares
Dos retos magistrados, sem respeito.
Que vezes a cachaça... Mas, amigo,
Deixemos de falar na paga tropa
E vamos a falar do grande corpo
Da gente auxiliar; aqui podemos
Acabar de dizer o mais que falta.

*

Tinha este continente levantados
De tropa auxiliar uns treze corpos.[580]
O nosso chefe ainda não se farta:
Alista o povo inteiro, e dele forma
Inda mais de quarenta regimentos;
Mais faminto de ver galões e fardas
Que Midas[581] em trocar em ouro puro
As coisas em que punha o torpe dedo.
O coronel Valente agarra tudo
Quanto tem de varão a forma e traje;[582]
Nem lhe obsta[583], Doroteu, que os seus soldados
Meninos inda sejam; que eles crescem,
E cresce com os corpos igualmente
O santo amor das armas. Muitos, muitos,
Quando vão para a igreja receberem
As águas salvadoras do batismo,
Já vão vestidos com a curta farda.

---

578. sórdido – sujo; impuro.
579. seixinho – qualquer pedrinha lisa, pequena e solta dos rios, com arestas arredondadas pelas águas, também conhecido por cascalho.
580. "De tropa auxiliar uns treze corpos." – tinham mais tropas do que o necessário.
581. Midas – personagem da mitologia grega, rei de Frígia, que transformava em ouro tudo quanto tocava.
582. "Quanto tem de varão a forma e traje;" – escolhia todos que tinham as características físicas para o cargo.
583. obstar – impedir; criar obstáculo.

Este mesmo costume tem, amigo,
O pago regimento: apenas nasce
Aos cabos algum filho, logo à pressa
Lhe assenta o chefe de cadete a praça.
Venturoso costume, que promete
Produzir de cordeiros tigres bravos!
Aníbal[584], Doroteu, desde menino
Com seu pai militou: talvez não fosse
O terror dos romanos, se passasse
A tenra, inda imberbe[585] mocidade,
Entre os moles prazeres de Cartago[586].
Contudo, Doroteu, o Céu permita
Que guerras não tenhamos; pois a termos
Algum acampamento, que constranja
A saírem da praça os regimentos,
Há de haver bom trabalho em conduzir-se
O rancho de crianças em jacazes.
Há de também haver despesa grande,
Em levar-se uma tropa de mulheres,
Que deem o peito a uns e a outros papa.

*

Tu sabes, Doroteu, que as nossas tropas
De infantaria[587] são; porém montadas:
Que as leis do nosso Reino não consentem
Que estas montadas tropas se componham
De membros, que não tenham certas rendas,
Com que possam manter os seus cavalos.[588]
Ora ouve, Doroteu, quais são as posses
Dos míseros paisanos, que se alistam
Nos fortes regimentos. Quase todos
Um sendeiro[589] não têm, e muitos deles
Gemeram nas prisões, por não poderem
Ajeitar uma grossa e curta farda.
Eu topei, Doroteu, por várias vezes,
Atrás de um regimento os rapazinhos
Em veste e mais descalços: fina ideia
Em que deram os cabos para verem

---

584. Aníbal – general de Cartago considerado por muitos como um dos maiores táticos militares da história.
585. imberbe – aquele que não tem barba.
586. Cartago – antiga cidade do norte da África.
587. infantaria – força militar que combate a pé.
588. "Com que possam manter os seus cavalos." – observe que há uma seleção, e eles não escolhiam homens pobres.
589. sendeiro – cavalo pequeno de carga.

Se à força de vergonha se fardavam.
Eu sei, eu sei, amigo, que alguns desses,
Cansados de sofrerem mais opróbrios,
Fizeram fardamentos dos produtos
Dos únicos escravos, que venderam,
E dos trastes alheios, que furtaram.
Perguntarás, agora, doce amigo:
Aonde estão os ricos taverneiros?
Aonde os mercadores, que têm lojas
A que chamam de seco e de molhado?
Aonde, Doroteu? Eu já to digo:
Estão, estão também nos regimentos,
Mas trazem nas direitas, que conservam
Inda lixosas peles, as bengalas.
Não rias, Doroteu, das nossas tropas.
De que gente formou um corpo invicto
O luso Viriato? Foi de moços
Criados desde a infância nas campanhas?
Não foi, meu Doroteu; foi de uns pastores,
De uns pastores incultos, que animados
Do esforço do seu chefe, conseguiram
Vitórias singulares, contra um povo,
Que ao mundo sujeitou à força de armas.
Os homens, Doroteu, são todos fortes
Em cima das muralhas, que defendem
As chorosas mulheres e as fazendas,
Os ternos filhos e os avós cansados.
A desordem, amigo, não consiste
Em formar esquadrões; mas sim no excesso.
Um Reino bem regido não se forma
Somente de soldados; tem de tudo:
Tem milícia, lavoura, e tem comércio.
Se quantos forem ricos, se adornarem
Das golas e das bandas, não teremos
Um só depositário[590], nem os órfãos
Terão também tutores, quando nisto
Interessa igualmente o bem do Império.
Carece a Monarquia dez mil homens
De tropa auxiliar? Não haja embora
De menos um soldado: mas os outros
Vão à pátria servir nos mais empregos,
Pois os corpos civis são como os nossos,

---

590. depositário – pessoa que dá depósitos.

Que tendo um membro forte e os outros débeis,
Se devem, Doroteu, julgar enfermos.

*

É também, Doroteu, contra a polícia
Franquearem-se as portas, a que subam
Aos distintos empregos as pessoas,
Que vêm de humildes troncos. Os tendeiros
Mal se veem capitães, são já fidalgos:
Seus néscios descendentes já não querem
Conservar as tavernas, que lhes deram
Os primeiros sapatos e os primeiros
Capotes com capuz de grosso pano.
Que Império, Doroteu[591], que Império pode
Um povo sustentar, que só se forma
De nobres sem ofícios? Estes membros
Não amam, como devem, as virtudes,
Seguem à rédea solta os torpes vícios.
Daqui saem os torpes malfeitores,
Os vis alcoviteiros[592], os perjuros[593],
Os famosos ladrões; numa palavra,
A tropa insultadora de vadios.
A este corpo imenso de milícia
Concede Fanfarrão as regalias,
Que as nossas leis não dão aos bons vassalos,
Que chegam aos empregos mais honrosos,
Em paga de proezas[594] e serviços.
Não quer, não quer o chefe, que aos seus cabos
Mandem citar os tristes acredores[595]
Por ordem de Justiça. Quais os grandes,
Que não vêm a juízo sem licença
Do príncipe, a quem servem, nesta terra,
Sem licença do chefe, não se citam
Os negros, os crioulos e os mulatos,
Mal vestem a fardinha, e muito menos
Mal cingem na cintura honrosa banda.
Se alguém requer ao chefe que permita
Para isso faculdade, põe-lhe em cima
De humilde petição, que o suplicado

---

591. Doroteu – refere-se Cláudio Manuel da Costa, a quem por muito tempo se atribuiu a autoria desta obra.
592. alcoviteiro – cafetão.
593. perjuro – aquele que quebra juramentos.
594. proeza – façanha.
595. acredor – devedor.

Componha ao suplicante o que lhe deve;
Se diz o suplicado ao suplicante
Que não lhe deve nada, foi-se embora
O sólido direito; que a polícia
Do chefe não consente que se ponha
Aos seus oficiais, inda que sejam
Velhacos e ladrões, no foro um pleito.
Já viste regalia igual a essa?
A Pátria, Doroteu, concede aos nobres,
Que os postos exercitam, grossas rendas,
Com que possam pagar aos mais vassalos
As coisas que lhes compram: não concede
Ao mesmo general que vista e coma,[596]
À custa do suor dos outros homens.
E quando o rei não quer pagar a todos,
Com dinheiro contado, remunera[597]
Os serviços com graças; mas daquelas
Que deixam sempre intacto o jus[598] alheio.

*

Não são somente isentos da Justiça
Os cabos valerosos: onde habitam,
Se acolhem, Doroteu, os malfeitores
E quais antigas casas de fidalgos,
Ou famosos conventos, que na porta
Têm as grossas cadeias, onde pegam
Os míseros culpados; aqui todos
Se livram dos Meirinhos, bem que sejam
Indignos, torpes réus de majestade.

*

Se os ousados meirinhos entrar querem
Nas casas desses cabos, a que chamam
Militares quartéis, os fortes donos
Encaixam nas cabeças os casquetes,
Apertam as correias, põem as bandas,
E cingindo as torcidas largas folhas,
Ultrajam com palavras a Justiça,
Resistem, gritam, ferem, matam, prendem.[599]

---

596. "Ao mesmo general que vista e coma," – o valor que davam aos empregados nem chegava perto do custo básico do patrão.
597. remunerar – pagar; recompensar.
598. jus – merecimento.
599. "Resistem, gritam, ferem, matam, prendem." – não há acordo em relação à divisão, delimitação de terras.

*

Os zelosos juízes punir querem
A injúria da Justiça; formam autos,
Procedem às devassas, pronunciam,
E mandam que esses nomes se descrevam
Nos róis[600] dos mais culpados. Mas, amigo,
De que serve fazer-se o que as leis mandam
Na terra, que governa um bruto chefe,
Que não tem outra lei mais que a vontade?[601]
O chefe onipotente logo envia
Atrevidos soldados, que chegando
À casa do escrivão, os nomes riscam
Do rol dos delinquentes e lhe arrancam
Da fechada gaveta os próprios autos.
Ousado, indigno chefe, que governo,
Que governos nos fazes? A milícia
Ergueu-se para guarda dos vassalos,
E tu, e tu trabalhas, por que seja
A mesma que nos prive do sossego,
Que próvidas nos dão as leis sagradas.

*

Agora, Doroteu, talvez trabalhes
Em achar o motivo por que o chefe
Concede tanto indulto[602] aos seus soldados.
Pois ele, Doroteu, não é o enigma,
Que vem nos doces versos de Virgílio,
De umas flores, que têm de reis os nomes
Escritos sobre as folhas, e do sítio,
De que três braças só do céu se avista.
O chefe, Doroteu, só quer dinheiro,
E dando aos militares regalias,
Podem os grandes postos, que lhes vende,
Subir à proporção também de preço.
Tu assim o conheces, Cata Preta,
Pois deste mil oitavas por trazeres
Lavrado castão[603], de ouro sobre a cana.
Tu também, Capanema, assim discorres;
Pois largaste seiscentos por vestires

---

600. rol – lista; categoria.
601. "Que não tem outra lei mais que a vontade?" – do que adianta existirem leis quando o chefe só faz o que quer?
602. indulto – perdão.
603. lavrado castão – parte superior e elevada da bengala com detalhes cunhados em si.

De capitão maior vermelha farda.[604]
Todos assim o julgam. Ah! Só pensa
De diversa maneira, aquele néscio
Que sofreu, que Matúsio lhe rompesse
A passada patente à sua vista,
Por não largar de luvas os trezentos.

*

Dize-me, Doroteu, um chefe sábio
Levanta nas conquistas umas tropas,
Com que não pode a força do distante
Conquistador Império? Infunde, inspira
Nos cabos tanto orgulho, que se atrevam
A resistir aos mesmos magistrados,
Que a pessoa do Augusto representam?
Maldito, Doroteu, maldito seja
Um bruto, que só quer a todo custo,
Entesourar o sórdido dinheiro.

Carta 10ª

Em que se contam as desordens maiores que Fanfarrão fez no seu governo

Quis, amigo, compor sentidos versos
A uma longa ausência e, para encher-me
De ternas expressões, de imagens tristes,
À banca fui sentar-me com projeto
De ler primeiramente algumas obras
No meu já roto, destroncado Ovídio.
Abri-o nas saudosas elegias[605];
E quando me embebia na leitura
Dos casos lastimosos, que ele pinta
Na passagem que fez ao Ponto Euxínio,
Encontro aqueles versos que descrevem
As ondas decúmanas: de repente
Me sobe ao pensamento que estas eram

---

604. "De capitão maior vermelha farda." – pagou alto valor por um cargo maior.
605. elegia – poema de cunho melancólico, erótico ou de exaltação de personagens ilustres; maior parte da produção poética de Ovídio, elegíaco latino.

Do nosso Fanfarrão imagem viva.[606]
Os mares, Doroteu, jamais descansam;
Agitam sem cessar as verdes águas;
E depois que levantam ondas nove[607],
Com menos fortidão, despedem outra,
Que corre mais ligeira e que se quebra
Nos musgosos rochedos com mais força.
Assim o nosso chefe não descansa
De fazer, Doroteu, no seu governo
Asneiras[608] sobre asneiras: e entre as muitas,
Que menos violentas nos parecem,
Pratica outras, que excedem muito e muito
As raias dos humanos desconcertos.
Perdoa, minha Nise, que eu desista
Do intento começado. Tu mil vezes
Nos meus olhos já leste os meus afetos,
Não careces de os ler nos meus escritos.
Perdoa pois que eu gaste as breves horas
A contar as asneiras desumanas
Do nosso Fanfarrão ao caro amigo.
E tu, meu Doroteu, antes que leias
O que vou a contar-te, jurar deves
Pelos olhos da tua amada esposa,
Por seu louro cabelo, e pelo dia
Em que viste na sua alegre boca,
O primeiro sorriso, que não hás de
Duvidar do que leres, bem que sejam
Desordens que pareçam impossíveis.

*

A Junta, Doroteu, a quem pertence
Evitar contrabandos, prende, envia
À sábia relação do continente
A trinta delinquentes, para serem
Castigados conforme os seus delitos.
Entende o nosso chefe que esta Junta
Não devia mandar aos malfeitores
Sem sua autoridade; e dela toma
O mais estranho, bárbaro despique:
Manda embargar aos presos na cadeia
Do nosso Sant'Iago, e manda ao pobre

---

606. "Do nosso Fanfarrão imagem viva." – compara os feitos de Fanfarrão com os feitos das personagens da obra de Ovídio.
607. ondas nove – nove ondas; inversão de palavras para causar efeito de confusão.
608. asneira – tolice; bobagem.

Do condutor meirinho que os sustente,
Assistindo[609] também aos que enfermarem
Com médicos, remédios e galinhas[610].
Acaba-se o dinheiro que lhe deram,
Para fazer os gastos do caminho;
Recorre neste aperto ao bruto chefe,
Expõe-lhe que não tem com que alimente
Ao menos a si próprio; pede e roga,
Que o deixe recolher à pátria terra,
Para nela exercer seu pobre ofício.
Tão terna rogativa[611] não merece
Do chefe a compaixão; antes lhe ordena,
Que assista, como dantes, aos culpados
De todo o necessário na enxovia[612];
Que a faltar-lhe o dinheiro para os gastos,
Ou que o peça, ou que o furte. Caro amigo,
Da boca de uma Fúria sairia
Mais dura decisão? Por que motivo
Deve um pobre meirinho dar sustento
A mais de trinta presos? São seus filhos?
E ainda a serem filhos, um pai justo,
Que fazenda não tem, vive obrigado
A sustentar infames malfeitores
Por meio de culpáveis latrocínios?
Suponho, Doroteu, suponho ainda,
Que a Junta fez excesso na remessa
Dos presos sem licença. Neste caso
Merece o condutor algum castigo?
Ele fez outra coisa que não fosse
Cumprir o que mandaram os seus maiores?
Podia repugnar-lhes sem delito?
Amigo Doroteu, o nosso chefe
É qual mulher ciosa, que não pode
Vingar no vário amante os duros zelos,
E vai desafogar as suas iras,
Bebendo o sangue de inocentes filhos.

*

Depois de se passarem alguns anos;
Depois que o bom meirinho já não tinha
Vestido que vendesse, nem pessoa,

---
609. assistir – atender; prestar serviços.
610. galinhas - canja de galinha.
611. rogativa – pedido.
612. enxovia – prisão subterrânea, úmida e escura; espaço muito sujo.

Que um chavo lhe fiasse; o bruto chefe
Passa a fazer um novo despotismo.
Ordena que os culpados sejam soltos:
E dizem lhes mandara vinte oitavas
Para os gastos fazerem da fugida.
Até aqui pagou o seu desgosto
O pobre condutor; agora o paga
A triste, aflita pátria, pois; lhe aumenta
Dos torpes malfeitores a quadrilha.
É esta, Doroteu, a sua gente;
Trafica em coisa santa, no comércio
Da compra, e mais da venda de seixinhos,
Negócio avantajado, e mais seguro,
Que o meter entre os fardos das baetas[613]
Os pesados galões e as drogas finas.
Preza o bravo leão aos leões bravos,
A fraca pomba preza as pombas fracas;
E o homem, apesar do raciocínio
Que a verdade lhe mostra, estima aos homens
Que têm iguais paixões e os mesmos vícios.

*

Avisam ao bom chefe que um ministro
Queria que os soldados lhe mostrassem
As ordens, com que entravam a fazerem
Prisões no seu distrito. Investe o bruto
Qual touro levantado, a quem acenam
C'os vermelhos droguetes[614] os capinhas.
Escreve-lhe uma carta, em que lhe ordena
Lhe dê logo as razões, em que se funda.
Inda pede as razões, e já lhe estranha
O néscio proceder: aqui não para
Tão rápida desordem: manda um corpo
De ousados militares, que conduzam
Ao magistrado a carta; e lhes ordena
Que fiquem nesta vila sustentados
À custa, Doroteu, do aflito povo.
Não se concede ao pobre que sustente,
Em casa o seu soldado: manda o chefe
Que a cada um se dê, em cada um dia
Para sustento meia oitava de ouro,
Fora milho e capim para o cavalo;

---

613. baeta – pano de lã ou algodão bastante felpudo.
614. droguete – pequeno tecido de lã.

E não entrando aqui o régio soldo.
Que santo proceder! Um Deus irado,
Se houvessem sete justos, perdoava
Os imensos delitos de Sodoma:
E o nosso grande chefe pelo crime,
Pelo sonhado crime de um só homem
Castiga como réu de majestade
Formado de inocentes todo um povo.

*

Faz penhora Macedo em certas barras[615],
Que a um seu devedor devia Mévio.
Recorre ao magistrado Silverino,
Pedindo que mandasse que o dinheiro
A juízo viesse; pois queria
Sobre ele disputar a preferência,
Na forma que concede a Lei do Reino.
Cita-se ao triste Mévio e deposita
As barras em juízo prontamente.
Conhece Silverino que Macedo
Para a vitória tem melhor direito;[616]
Não quer seguir a causa na presença
De um reto magistrado, que profere,
Na forma que as leis mandam, as sentenças.
Recorre ao general, e o bruto chefe
Decide desta sorte o longo pleito:
Habita nesta terra um homem rico,
Que tem de Albino o nome; e dizem trata
A Mévio devedor por seu sobrinho.
Manda pois, Doroteu, o grande chefe,
Que Albino se recolha na cadeia,
E more com os negros na enxovia,
Enquanto não pagar a Silverino
Outra tanta quantia, quanta Mévio
Depositou doloso, por que houvesse
Entre os dois acredores um litígio.
Eis aqui, Doroteu, o que é ciência!
As nossas leis não querem que o pai solva[617]
O calote que fez o próprio filho:
E quer um general que Albino pague
Da sórdida masmorra novamente
A soma que pagou o bom sobrinho!

---

615. em certas barras – em certos valores.
616. "Para a vitória tem melhor direito;" – que tem mais chances de vencer.
617. solver – resolver.

Aonde existe o dolo[618]? A Lei não manda
Que todo o que temer que alguém lhe peça
Segundo pagamento, se segure
Metendo no depósito o que deve?
Pois se isso nos faculta o são Direito,
Que delito comete aquele triste,
Que a dívida em juízo deposita,
Quando o sábio juiz assim o manda,
Porque o mesmo credor assim o pede?
E se Mévio fez dolo, por que causa
Há de Albino pagar a culpa dele?
Porque lhe aconselhou que não pagasse
Outra tanta quantia a Silverino?
Aconselhar conforme as leis do Reino
É culpa que mereça um tal castigo?
E pode ser castigo regulado
Pagar o conselheiro aquela soma,
Que o mesmo aconselhado não devia?
Não é isso furtar? Não é violência?
Ah! Pobre, ah pobre povo, a quem governa
Um bruto general, que ao Céu não teme,
Nem tem o menor pejo de lhe verem
Tão indignas ações os outros homens!

*

Há neste regimento um moço Adônis,
Amores de uma escrava, cuja dona
Depois de cativar a muitos peitos,
Ao nosso herói atou também ao carro
Dos seus cruéis triunfos. Cego Númen,
Qual é, qual é dos homens que não honra,
Com puros sacrifícios teus altares!
Tu vences os pequenos, mais os grandes;
Tu vences os estultos[619], mais os sábios;
Tu vences, que inda é mais, as mesmas feras;
E, bem que cinja o grosso peito d'aço[620],
Não pode resistir às tuas setas
O duro coração do próprio Marte.

*

Intenta este soldado, que o ministro
Lhe remate umas casas e consegue

---

618. dolo – artifício.
619. estulto – sem discernimento; sem entendimento real das coisas.
620. d'aço – de aço.

Um despacho do chefe, em que decreta
Que nelas ninguém lance: coisa estranha,
Que entendo nunca viu nenhuma idade!
O reto magistrado, que respeita
Mais que ao chefe, as leis do seu monarca,
Ordena que o porteiro incontinenti
As pretendidas casas meta a lanço.
Honrado cidadão o preço cobre.
O porteiro passeia pela rua;
Repete em alta voz o lanço novo,
E prossegue a falar, assim dizendo:
"Dou-lhe uma, dou-lhe duas, dou-lhe três,
Dou-lhe outra mais pequena: afronta faço;
Se ninguém mais me oferece, arremato".
Ao lanço do Brundúsio ninguém chega.
Informado o juiz, ordena e manda
Que o prédio se remate; então se chega
O porteiro risonho ao licitante[621],
E lhe diz, que lhe faça bom proveito,
Ao mesmo tempo que lhe entrega o ramo.
Parte logo o soldado e conta ao chefe
O sucesso da praça. O bruto monstro,
Julgando profanado o seu respeito,
Manda lançar no pobre licitante
Um pesado grilhão e manda pô-lo
Ajoujado[622] com um despido negro,
A trabalhar nas obras da cadeia.
O preso injuriado desfalece[623],
E o chefe desumano desce à rua,
Para que possa de mais perto vê-lo.
Sucede a um desmaio, outro desmaio;
O negro companheiro então lhe acode,
Nos braços compassivos o sustenta;
Porém o velho chefe, que deseja
O vê-lo ali, morrer por um soldado
Manda ao negro dizer que ao preso deixe,
E cuide em prosseguir no seu trabalho.
Os mesmos desumanos, que rodeiam
Tão bruto general, aqueles mesmos,
Que alegres executam seus mandados,
Apenas escutaram tal preceito,
Um pouco emudeceram e tiveram

---
621. licitante – arrematador de leilão.
622. ajoujar – prender junto a.
623. desfalecer – desmaiar.

Os rostos tristes muito tempo baixos.
Os outros, Doroteu, deram suspiros,
E bem que forcejaram, não puderam
Fazer que os olhos não se enchessem d'água.

*

Eu creio, Doroteu, que tu já leste
Que um César dos romanos pretendera
Vestir ao seu cavalo a nobre toga
Dos velhos senadores.[624] Esta história
Pode servir de fábula, que mostre
Que muitos homens mais que as feras brutos,
Na verdade conseguem grandes honras.
Mas ah! Prezado amigo, que ditosa
Não fora a nossa Chile, se antes visse
Adornado um cavalo com insígnias
De general supremo, do que ver-se
Obrigada a dobrar os seus joelhos
Na presença de um chefe, a quem os deuses
Somente deram a figura de homem![625]
Então, prezado amigo, o néscio povo
Com fitas lhe enfeitara as negras clinas:
Ornara a estrebaria com tapetes,
Com formosas pinturas, ricos panos,
Bordados reposteiros e cortinas.
Um dos grandes da terra lhe levara
Licor para beber em baldes d'ouro[626]:
Outro lhe dera o milho em ricas salvas;
Mas sempre, Doroteu, aqueles néscios,
Que ao bruto respeitassem, poderiam
Servi-lo acautelados e de sorte,
Que dar-lhes não pudesse um leve coice.
Eis aqui, Doroteu, o que nos nega
Uma heroica virtude. Um louco chefe
O poder exercita do monarca:
E os súditos não devem nem fugir-lhe
Nem tirar-lhe da mão a injusta espada.

*

---

624. "Dos velhos senadores." – não só queria como fez de seu cavalo um membro do Senado, subliminarmente dizendo que até mesmo um cavalo era mais importante que todas aquelas pessoas da época.
625. "Somente deram a figura de homem!" – o povo preferia agora ser governado por um cavalo, ou seja, não ser governado, do que viver sob a tirania do chefe.
626. d'ouro – de ouro.

Mas, caro Doroteu, um chefe desses,
Só vem para castigo de pecados.
Os deuses não carecem de mandarem
Flagelos esquisitos: quase sempre
Nos punem com as coisas ordinárias.
O mundo inda não viu senão um corpo
Em branco sal mudado, e só no Egito
Fez novas penas de Moisés a vara.
Perguntarás agora que torpezas
Comete a nossa Chile, que mereça
Tão estranho flagelo? Não há homem
Que viva isento de delitos graves;
E aonde se amontoam os viventes,
Em cidades ou vilas, aí crescem
Os crimes e as desordens aos milhares.
Talvez, prezado amigo, que nós hoje
Sintamos os castigos dos insultos,
Que nossos pais fizeram. Estes campos
Estão cobertos de insepultos[627] ossos
De inumeráveis homens que mataram.
Aqui os europeus se divertiam
Em andarem à caça dos gentios,
Como à caça das feras, pelos matos.
Havia tal que dava aos seus cachorros
Por diário sustento humana carne;
Querendo desculpar tão grave culpa
Com dizer que os gentios, bem que tinham
A nossa semelhança, enquanto aos corpos,
Não eram como nós, enquanto às almas.
Que muito pois que Deus levante o braço,
E puna os descendentes de uns tiranos,
Que sem razão alguma e por capricho
Espalharam na terra tanto sangue!

---

627. insepulto – que não foi sepultado, enterrado.

Carta 11ª

Em que se contam as brejeirices de Fanfarrão

No meio desta terra há uma ponte,
Em cujos dois extremos se levantam
De dois grossos rendeiros as moradas;
E apenas, Doroteu, o Sol declina
A descansar de Tétis no regaço,
Neste agradável sítio vão sentar-se
Os principais marotos, e com eles
A brejeira família de palácio.

*

Aqui, meu bom amigo, aqui se passam
As horas em conversa deleitosa.
Um conta que o ministro, à meia-noite,
Entrara no quintal de certa dama;
Diz outro que se expôs uma criança
À porta de Florício, e já lhe assina
O pai e mais a mãe; aquele aumenta
A bulha que Dirceu com Laura teve
Por ciúmes cruéis da sua amásia.
Esta chama a Simplício caloteiro,
E mofa ao mesmo tempo de Frondélio,
Que o seu dinheiro guarda. Enfim, amigo,
Aqui, aqui de tudo se murmura:
Só se livra da língua venenosa,
O que contrata em vendas de despachos,
E quem se alegra ao ver que a sua moça
Ajunta pela prenda um par de oitavas:
Que os membros do Congresso são prudentes,
E não querem que alguns dos companheiros
Tomem essa conversa em ar de chasco[628].
Amigo Doroteu, ah! Neste sítio
Eu não me dilatara um breve instante
Em dia de trovões, bem que estivesse
Plantado todo de loureiros machos!

*

---

628. chasco – zombaria.

Por este sítio, pois, passei há pouco,
Cuidando que, por ser mui cedo ainda,
Não toparia a corja dos marotos.
Mas, apenas a vi, fiquei tremendo,
Qual fraco passageiro, quando avista
Em deserto lugar pintadas onças.
Contudo, Doroteu, criei esforço,
E fui atravessando pelo meio,
Rezando sempre o credo, e por cautela
Fazendo muitas cruzes sobre o peito.
Apenas me salvei daquele risco,
Um suspiro soltei, que encheu os ares,
E voltando o semblante para o sítio,
Em que os tais mariolas[629] se assentavam,
Maneando a cabeça um par de vezes,
E soltando um sorriso em ar de mofa,
Dentro do meu discurso, assim lhes falo:
"Vocês, meus mariolas, meus tratantes,
Estão contando histórias das pessoas
De quem não são afetos, por que as levem
Aos ouvidos do chefe os seus lacaios;
Pois eu também já vou contar verdades,
Em que possam falar os homens sérios,
Inda daqui a mais de um cento de anos".
Recolhi-me à choupana, e de repente
Sem tirar a gravata do pescoço,
Entrei a pôr em limpo esta cartinha,
Que já pelo caminho vim compondo.

*

Entendo, Doroteu, que as nossas almas
Não são todas iguais: que o grande Jove
Fez umas de matéria muito pura,
Fez outras de matéria mais grosseira,
Por não perder as borras que ficaram.
Entendo ainda mais que o despenseiro,
Quando lhe vão pedir algumas almas,
Vai dando aquelas que primeiro encontra.
Por isso, às vezes, nascem os mochilas
Com brios de fidalgos; outras vezes
Os nobres com espíritos humildes,
Só dignos de animarem vis lacaios.
O nosso Fanfarrão, prezado amigo,

---

629. mariola – vadio; banana.

Vos dá mui boa prova: não se nega
Que tenha ilustre sangue; mas não dizem
Com seu ilustre sangue as suas obras.⁶³⁰

*

Apenas, Doroteu, a noite chega,
Ninguém andar já pode sem cautela,
Nos sujos corredores de palácio.
Uns batem com os peitos noutros peitos;
Uns quebram as testas noutras testas;
Qual leva um encontrão, que o vira em roda;
E qual por defender a cara, fura
Com os dedos que estende, incautos⁶³¹ olhos.
Aqui se quebra a porta, e ninguém fala:
Ali range a couceira, e soa a chave;
Este anda de mansinho, aquele corre;
Um grita que o pisaram, outro inquire
"Quem é?" ao vulto, que lhe não responde.
Não temas, Doroteu, que não é nada;
Não são ladrões que ofendam, são donzelas
Que buscam aos devotos, que costumam
Fazer de quando em quando a sua esmola.

*

Chegam-se enfim as horas, em que o sono
Estende na cidade as negras asas,
Em cima dos viventes, espremendo
Viçosas dormideiras. Tudo fica
Em profundo silêncio; só a casa,
A casa aonde habita o grande chefe,
Parece, Doroteu, que vem abaixo.
Fingindo a moça que levanta a saia,
E voando nas pontas dos dedinhos,
Prega no machacaz⁶³², de quem mais gosta,
A lasciva embigada, abrindo os braços:
Então o machacaz, mexendo a bunda,
Pondo uma mão na testa, outra na ilharga,
Ou dando alguns estalos com os dedos,
Seguindo das violas o compasso,
Lhe diz: "Eu pago, eu pago". E de repente
Sobre a torpe michela⁶³³ atira o salto.

---

630. "Com seu ilustre sangue suas obras." – seus feitos não são admiráveis apesar de sua casta, origem.
631. incauto – nada cauteloso; imprudente.
632. machacaz – espertalhão; indivíduo corpulento.
633. michela – prostituta.

Ó dança venturosa! Tu entravas
Nas humildes choupanas, onde as negras,
Aonde as vis mulatas, apertando
Por baixo do bandulho a larga cinta,
Te honravam c'os marotos e brejeiros,
Batendo sobre o chão o pé descalço.
Agora já consegues ter entrada
Nas casas mais honestas e palácios.
Ah! Tu, famoso chefe, dás exemplo.
Tu já, tu já batucas, escondido
Debaixo dos teus tetos, com a moça
Que furtou ao senhor o teu Ribério!
Tu também já batucas sobre a sala
Da formosa comadre, quando o pede
A borracha função do santo Entrudo!
Ah! Que isto, sendo pouco, é muito, e muito;[634]
Que os exemplos dos chefes logo correm,
E correm muito mais, quando fomentam
Aqueles vícios, a que os gênios puxam.

*

O tempo, Doroteu, voando foge,
E nunca os de palácio imaginaram,
Que tão veloz fugia, como agora.
Acaba-se a função, e chega o dia:
Vem abrir as janelas um criado,
E o chefe lhe pergunta que algazarra
Fizeram os mais servos toda a noite,
Que o não deixou dormir um breve instante.
O criado, que sabe que o bom chefe[635]
Só quer que lhe confessem a verdade,
O sucesso lhe conta, desta sorte:
"Fizemos esta noite um tal batuque;
Na ceia todos nós nos alegramos,
Entrou nele a mulher do teu lacaio.
Um só, senhor, não houve que, lascivo,
Com ela não brincasse: todos eles,
De bêbedos que estavam, não puderam
O intento conseguir; só eu, mais forte...".
Apenas isto diz o vil criado,
O chefe as costas vira e lhe responde,
Soltando um grande riso: "Fora, fracos!".

---

634. "Ah! Que isto, sendo pouco, é muito, e muito;" – que mesmo pouco ainda é muito.
635. "O criado, que sabe que o bom chefe" – satiriza usando ironia.

*

Já disse, Doroteu, que as mocetonas
Só entram em palácio quando estende
A noite sobre a terra a negra capa.
Que a formosa virtude da cautela
Até parece bem naquele mesmo,
A quem a profissão lhe não exige
Que viva recatado, como vivem
As moças, que inda querem ser donzelas.
Agora, Doroteu, julgar já podes,
Que saem de palácio muito cedo.
Assim é, Doroteu; as donzelinhas,
Pela porta travessa vão saindo
Mal tocam as garridas à primeira.
Mas a bela Rosinha fica e dorme,
Nos braços de Matúsio a madrugada.
Só sai de dia claro, e o grande chefe
Lhe atira uma pedrinha da janela,
Só para que lhe dê um ar de graça.
Que grande estimação, Rosica bela!
Aqui se mostra bem, que as outras moças
Não trazem, como trazes lucro à casa.

*

Não há, prezado amigo, quem não queira
Mostrar-se liberal com sua dama.
Para dar-lhe o vestido, mais a capa,
O manto, a saia, a meia, a fita, o pente.
Tira o pobre de si, e destro furta
O peralta rapaz ao pai jarreta.
Eu mesmo, Doroteu, que fui dos santos,
Que em Salamanca andaram, umas vezes
Doenças afetava, outras fingia
Necessitar de livros, ou de um traste,
Para mandar de mimo a certo lente.
Maldita sejas tu, Harpia[636] Olaia,
Que enquanto não abria a minha bolsa,
Não mostravas também alegre os dentes![637]
Esta paixão, amigo, que nos vence,
Nos próprios animais também se observa.
Esgravatam os galos sobre a terra,

---

636. Harpia – na mitologia grega era um monstro com cabeça de mulher, garras e asas de abutre.
637. "Não mostravas também alegres os dentes!" – se não mostrasse ter dinheiro, não conquistaria o sorriso da mulher.

113

E mal topam o grão ou a migalha,
Contentes cacarejam, por que a moça
Se vá utilizar do seu trabalho.
O nosso ilustre chefe, que se julga
De mui diversa massa do que somos,
Nesse ponto também, também conhece
Que está sujeito à miséria d'homem[638].

*

Nas obras, doce amigo, da cadeia,
Trabalham jornaleiros por salário.
Aqueles que carregam cal e pedra,
Só ganham por semana meia oitava.
Aqueles que trabalham de canteiro,
Ao menos ganham cada dia um quarto.
Tem pois certa mocinha quatro negros,
Que apenas são serventes, mas o chefe
Ordena, que na féria se lhes pague
A quarto os seus jornais, e creio, amigo,
Que ainda não consente se descontem
Os muitos dias que nas obras faltam.

*

As casas, onde mora esta madama,
Ainda não estavam acabadas;
Agora já de longe a cal alveja[639],
Quem entra dentro delas já recreia
Os olhos nas pinturas das paredes,
E teto apainelado[640], a quem um dia
Supria, Doroteu, a grossa esteira.
Não quis o nosso herói, chamasse a moça
Para mestre das obras um pedreiro:
Entregou o conserto ao grão-tenente,
Que o fez baratinho, c'o massame
Que pertencia às obras da cadeia.

*

Entende Fanfarrão que não devia
Deixar ao desamparo a sua dama;
Que a Lei da Igreja pede que amparemos
As que por nossa culpa se perderam,

---

638. d'homem – do homem.
639. alvejar – branquear.
640. apainelado – que tem forma de painel.

E a Lei da fidalguia, que professa[641]
O nosso chefe, manda que ele ampare
Às mesmas, que na fama já têm nota,
Contanto que isto seja à custa alheia.
Chama, pois, o bom chefe a um peralta,
Que era cabo de esquadra, e lhe comete
A glória de casar com uma dama,
Que se não fez descer dos Céus à terra
Ao supremo Tonante, fez contudo
Humanizar um chefe, que descende
Da mais distinta, mais soberba raça.
Que súbita alegria banha o rosto
Deste inocente cabo! Nos seus olhos
As lágrimas rebentam, os seus beiços
Formar não podem uma só palavra.
A dita, Doroteu, é muito grande.
Que fortuna não é casar um pobre
Com a rica viúva de um fidalgo?
Chamar ao fidalguinho, que ele deixa,
Ou enteado ou filho? Aparentar-se
Com todos os magnates desta terra
Em grau tão conhecido e tão chegado?
Esta grande ventura, doce amigo,
Para todos não é. Um negro demo
A guarda para prêmio dos serviços
Dos chefes principais dos seus bandalhos.

*

Mas ah! Prezado amigo, que o bom chefe
Já manda aparelhar as magras bestas,
Que têm de conduzir-lhe o pobre fato,
Que trouxe lá da corte, e se o casquilho
Não chega a receber a cara esposa,
Primeiro que ele no governo morra,
Bem pode ser, amigo, se arrependa,
E que depois de ter cingido a banda
E empunhado o bastão, lhe pregue o mono.
Faltaram às promessas outros homens,
Que de honrados nos deram muitas provas.
Como faltar não pode ao seu ajuste
Um fraco coração, uma alma indigna,
Que por tão baixo preço a honra vende?
Cautela e mais cautela; sim, o chefe

---

641. professar – seguir; exercer.

Não saberá mandar armadas tropas,
Nem saberá reger as cultas gentes:
Mas, para o não lograrem, sabe astuto
Dar todas as cadimas[642] providências.
Escreve ao velho bispo e lhe suplica,
Que em todos os três banhos o dispense.
Não expende razão que justa seja,
Porém o velho bispo tem bom gênio,
E em todos os proclamas o dispensa;
Que ele tem grandes letras e bem sabe,
Que os cânones da Igreja não pensaram
Da espécie singular de quando um chefe
Quer à pressa casar a sua amásia.
Ah! Se ele essas desordens não fizera,
Não daria motivo a ser cantado
Por sábia, oculta Musa, em um poema!

*

Agora inquirirás, prezado amigo,
Se é este sábio bispo aquele mesmo,
Que o bruto Fanfarrão um certo dia
Meteu na sua sege do lado esquerdo.
É este, sim, senhor, o mesmo bispo,
A quem o nosso chefe desalmado,
Enquanto governou a nossa Chile,
Já dentro de palácio, e já na rua
Tratou como quem trata um vil podengo[643].
De novo inquirirás: "Então um chefe,
Que trata dessa sorte ao seu prelado,
Atreve-se a pedir-lhe que lhe faça
Dispensa em uma lei a benefício
Da sua torpe amásia?". Eu, doce amigo,
Ainda duvidara, se pedira,
Me desse absolvição dos meus pecados,
Ao ver-me para dar a Deus minha alma.
O mesmo, Doroteu, também fizeras;
Mas tu, prezado amigo, não conheces
O sistema que tem tão vil canalha.
Uma mui grande parte destes chefes
Assenta em procurar seu interesse
Por todos os caminhos, e acredita
Que o brio e pundonor, que nós prezamos,

---

642. cadimo – usual.
643. podengo – cachorro que caça coelhos.

São umas vãs fantasmas, que só devem
Honrar de simples voz aqueles homens,
Que vêm de uma distinta e velha raça.
Para estes a nobreza está nos termos
Do sórdido monturo, em que se deita
Quanta imundície têm as velhas casas.
Ditoso de quem vive neste mundo,
No estado de ver rir os outros homens
Das suas vis ações, sem que lhe suba
Um vermelho sinal de pejo à cara!
Mas ah! Meu doce amigo, quanto, quanto
Se enganam estes monstros, que a nobreza
É um vestido branco, aonde logo
Aos olhos aparece a leve mancha!

*

Já chega, Doroteu, o alegre dia,
O dia venturoso do noivado.
Entra no santo templo a linda esposa,
Coberta toda de umas novas graças.
Os seus louros cabelos não flutuam,
Levados pelo vento a toda parte.
Em trança se dividem, e se prendem
No pente, a quem esconde um branco laço;
Nos cabelos da frente resplandecem
Das pedras de mais custo os fogos vários;
A sua testa iguala a pura neve,
E são da cor da rosa as suas faces;
São pérolas mimosas os seus dentes,
As gengivas rubins, e os grossos beiços
Estão cobertos dos cheirosos cravos.
Talvez, talvez não fosse tão formosa
A mesma, que obrigou ao forte Aquiles
A que terno vestisse a mole saia.

*

Neste sagrado templo não se adora
A imagem do Himeneu: aqui os noivos,
Para prova da fé, que eterna dura,
Não recebem na mão acesa tocha.
Ministro do Senhor é quem os prende,
Cobrindo as castas mãos, com que se enlaçam.
Co'a branca ponta da pendente estola.
Aqui lascivas Graças, nus Amores

Não cercam os consortes, nem meneiam
Em torno dos altares e das piras
Os vistosos festões de lindas flores.
Aqui, aqui só entram as virtudes,
A cândida Modéstia, a Inocência,
A santa Honestidade e a Vergonha.[644]
São estas, e não outras as que correm
A receber à porta do edifício
Os sinceros amantes: sim são essas,
São essas, e não outras, as que espalham
Debaixo dos seus pés cheirosas folhas,
E as que fazem queimar sobre os braseiros
O incenso devoto e os mais aromas.

*

Recebem esses Gênios aos dois noivos,
E ao ministro do altar os apresentam.
Ah! Formosa Marília, agora, agora
Se aumentam tuas graças, pois te aviva
A cor da linda face um novo pejo!
Com que custo não dás a mão nevada
Ao teu amado Adônis, que a recebe,
Como quem lucra nela o seu tesouro!

*

Já não veste Jelônio a grossa farda
Com divisas de lã e, sobre a testa,
Não põe a barretina, que enfeita
Com armas e botões de grosso estanho.
Já não cinge as correias amarelas,
Nem carrega na cinta o peso enorme
Dos férreos copos da comprida espada.
Jelônio se mudou, Jelônio é outro.
Já brilham nos canhões os alamares[645]
Das finas lantejoulas, e nos ombros
Já brilham as dragonas[646] enfeitadas
C'os grandes cachos das lustrosas flores.
Jelônio se mudou, Jelônio é outro.
A veste de cetim já resplandece
Orlada c'o galão da fina prata,
E, por cima da veste, já se enrola

---

644. "A santa Honestidade e a Vergonha." – aqui personifica essas virtudes escrevendo as palavras com letras maiúsculas.
645. alamar – broche; enfeite.
646. dragona – peça franjada na ombreira do uniforme militar.

Na cintura a vermelha e rica banda.
Jelônio se mudou, Jelônio é outro.
Como está belo! Como está casquilho!
Conserta do babado a fina renda,
Olha uma e outra vez os alamares;
Endireita a cucula[647], estende a perna;
Não consente um só fio sobre a farda;
Levanta o pescocinho, morde os beiços,
E o seu cabelo com a mão afaga.
Jelônio se namora de si mesmo,[648]
Ainda, ainda mais que o terno Adônis,
Quando viu o seu rosto dentro d'água.
Jelônio se mudou, Jelônio é outro.
Então os militares que o rodeiam,
Amado Doroteu, risonhos mofam.
Um pisa com o pé nos pés vizinhos;
Puxa outro pelas pontas das fardetas
Aos amigos chegados; este acena
C'os olhos e cabeça aos companheiros,
Que lhes ficam defronte; aquele tapa,
Fingindo que tem tosse, a alegre boca;
Qual foge da presença... Mas que vejo!
Tu, Doroteu, carregas sobre os olhos
As grossas sobrancelhas? Tu enrugas
A testa levantada? Tu inflamas
As faces já desfeitas e suspiras?
Acaso tu presumes que eu murmuro
Do fato de casar o nosso chefe
A sua terna amásia? Não, amigo,
Eu conheço também aonde chegam
Os deveres de quem nasceu fidalgo.
Obrou o nosso chefe o que eu faria.
Murmuro, Doroteu, mas é do dote;
Do dote, sim do dote. Dize: a banda,
O castão de coquilho, as mais insígnias,
São dotes que se deem a um soldado,
Porque serviu ao chefe, em receber-lhe,
Sem vergonha do mundo a sua amiga?
Não achas insolência e desaforo
Ver os porta-bandeiras, os cadetes,
E os furriéis já velhos preteridos,
Só para premiar-se com o posto,

---
647. cucula – capuz.
648. "Jelônio se namora de si mesmo," – Jelônio se apaixona por ele mesmo.

Que por lei lhes pertence, um torpe crime?
São esses, Doroteu, os grandes cabos,
De quem a triste pátria fiar deve
A sua salvação? São esses? Dize:
Agora já te calas. Pois não tornes
A mostrar-me outra vez o gesto irado;
Que um dia hei de enfadar-me, e se me enfadas,
Ainda que me peças de joelhos,
Não hás de receber da minha pena
Em verso ou prosa mais uma só carta.

Carta 12ª

Aquele que se jacta de fidalgo,
Não cessa de contar progenitores
Da raça dos suevos, mais dos godos.
O valente soldado gasta o dia,
Em falar das batalhas, e nos mostra
Das feridas, que preza, cheio o corpo.
O louco namorado não descansa,
Enquanto tem quem ouça as aventuras,
Que fez com as madamas, mais senhoras;
Benzendo-se mil vezes, quando chega
Aos lances apertados de ser visto
Dos maridos, dos pais e dos parentes,
Em que só por milagre não foi morto.
Assim, assim também o teu Critilo,
Não cansa de escrever-te, enquanto encontra
Do tolo Fanfarrão, do indigno chefe,
Estranhas bandalhices, que te conte.
Ah! Sofre, amigo, que te gaste o tempo,
Pois conter-se não pode, bem que queria,
Que a força da paixão assopra a chama,
A chama ativa do picante gênio.

*

Já sabes, Doroteu, aonde chega
Do nosso Fanfarrão a bizarria,
Em premiar serviços de uma dama.
Agora, nesta carta vou mostrar-te

Até aonde chegam as grandezas,
Que fez com os marotos, por que tenhas
Do seu fidalgo gênio noção clara.

*

Qual negra tempestade, que carrega
As nuvens de cupins e de formigas,
Que criam com as chuvas longas asas:
Assim o nosso chefe traz consigo
Arribação infame de bandalhos,
Que geram também asas com a muita
Nociva audácia que lhes dá seu amo.
Na corja dos marotos aparece
Um magriço[649] mulato, a quem o chefe,
Por ocultas razões estima e preza.
Talvez que noutro tempo lhe levasse
Os miúdos papéis às suas damas.
Ocupação distinta, que já teve
Um famoso Mercúrio, que comia
Sentado à mesa dos mais altos deuses.
Deseja o nosso chefe que este lucre
Quatrocentas oitavas, pelo menos,
E para que não saiam de seu bolso,
Descobre esta feliz e nova ideia:
Dispõe dos bens alheios como próprios;
No público teatro de Lupésio
Ordena, Doroteu, se represente
Uma vista comédia, porque fiquem
Para o velho mulato, os lucros dela.
Ordena ainda mais que o seu Robério
Os boletos reparta pelas damas,
Pelos contratadores opulentos,
E por quantos casquilhos os quiserem
Pagar ao menos por dobrado preço.
Robério assim o faz: supõe coitado,
Que prometeu pedir alguma missa.
E junto c'o mulato vai entrando
Em uma e outra casa, aonde deixa
Ou selado papel para a plateia,
Ou com tábua pendente a velha chave.
Ah! Nota, Doroteu, que ação tão feia!
Aquele bruto chefe que não paga,
Às pessoas mais nobres o cortejo

---

649. magriço – magro.

Sequer por um criado, agora manda
Que o seu próprio Robério, o seu bom aio,
Ande de porta em porta qual mendigo,
Pedindo para um bode a benta esmola!
Então, amigo, a quem? A quem? Aos mesmos
Que tem desfeiteado muitas vezes;
E às pobres, que é mais, às pobres moças,
Que hão de ganhar, à custa de seu corpo,
Com que possam pagar desse convite
Um tão avantajado, indigno preço.
Maldito sejas tu, pouca vergonha,
Que tanto influxo tens sobre este leso!

*

Chegou-se, Doroteu, a noite alegre,
Destinada à função, e o vil Robério
Dá nova prova de fervor e zelo.
Vai-se pôr com o traste do mulato
Na porta da plateia, e quando acaba
A primeira jornada, também corre
Os cheios camarotes: fina ideia!
Para ver se os tolinhos assim largam
Na copa do chapéu, que a esmola apanha,
Embrulhos de mais peso. Ah! Doce amigo,
Quem bandalho nasceu, ainda que suba
Ao posto de major, morreu bandalho,
Que o tronco, se dá fruto azedo, ou doce,
Procede da semente e qualidade
Da negra terra, em que foi gerado.

*

Servia-se este chefe de um lacaio,
E por não lhe pagar salário certo,
Deu neste ardil[650], também: quando ia às festas,
Lhe dava o seu brandão, e as mais pessoas,
Que estavam na tribuna por obséquio
Lhe davam as compridas, grossas velas.
Se dava algum despacho, de que vinha
Proveito à parte rica, lho entregava;
Por que fosse ganhar o grande prêmio
Com que os néscios servidos o brindavam.
Nas vésperas, amigo, da partida,
Tratou de lhe fazer maior a safra.

---

650. ardil – estratagema para enganar.

Passou atestações a todo o mundo,
E sem saber se o mundo lhas queria,
Mandou ao mesmo servo as entregasse,
E os prêmios do trabalho recolhesse.
Maldita sejas tu, pouca vergonha,
Que tanto influxo tens sobre este leso!

*

Havia, Doroteu... Mas não gastemos
O tempo em referir mais bandalhices
Da mesma natureza; refiramos
Outras que sejam de diversa classe.
Não quero, Doroteu, que o justo tédio,
Que infunde a semelhança, te duplique
O tédio, que produz a minha frase.

*

Fizeram os devotos de uma imagem
Da festa protetor ao grande chefe.
Aceita o Fanfarrão do cargo a honra,
E medita fazer um grão-festejo.
Ordena aos cavaleiros, que vieram
Correr as argolinhas em obséquio
Do ditoso consórcio dos infantes,
Que esperam nesta terra à sua custa,
E que nos dias da função repitam
Os feitos jogos, com o mesmo lustre.
Manda que o grande curro, que o Senado
Fez levantar na praia, permaneça,
E venham os boizinhos, que por serem
Mais bravos do que os outros, se guardaram,
Mal rapavam o chão e mal corriam
Atrás do mau capinha no terreiro.
Eis aqui, eis aqui, amigo, o como
Se fazem grandes coisas sem despesa.
Manda mais o bom chefe que se aluguem
Os palanques a quatro oitavas d'ouro,
Para que se comprasse um patrimônio,
À sacrossanta imagem desse lucro.
Que sábias intenções, que fins tão santos!
Celebram-se os festins e não escapa
Um camarote só que não se alugue;
Mas desse rendimento não se sabe,
Que a compra se meteu de todo à bulha.

*

Não penses, Doroteu, que o nosso chefe
Comeu esse dinheiro. Longe, longe
De nós este tão baixo pensamento.
Indo já no caminho o seu Matúsio
Passou sobre Marquésio certa letra.
Para que se pagasse ao santo Cristo.
Agora considera, se esse fato
Não mostra que ele zela a consciência.
Agora inquirirás se o tal Marquésio
Pôs na sacada letra o seu aceito?
Não pôs, não pôs, amigo, porque disse
Que deste passador não tinha efeitos;
Porém o bom Matúsio, mais seu amo,
Levam as consciências descansadas;
Pois não devem supor pelo costume,
Que a letra não pagasse o mau rendeiro.
Maldita sejas tu, pouca vergonha,
Que tanto influxo tens sobre este leso!

*

Roubou um seu criado a certa escrava,
E dentro lha meteu do seu palácio.
Conheceu o senhor quem fez o furto,
E foi pedir ao chefe que mandasse
Que o terno roubador restituísse
A serva com os lucros, pois cedia
De toda a mais ação, que a lei lhe dava.
Que entendes, Doroteu, que obrou o Chefe?
Que fez um sério exame sobre o caso?
Que conhecendo ser a queixa justa,
Meteu em duros ferros ao criado?
Que não lhe perdoou, enquanto o mesmo
Ofendido queixoso não lhe veio
Suplicar o perdão da culpa grave?
Devias esperar que assim fizesse.
Mas quando a razão pede certa coisa,
Ele então executa o seu contrário.
Não zela, Doroteu, a sã Justiça,
Nem zela a honra própria maculada
Na sua habitação, que o servo muda
Em torpe lupanário: não, não zela.
Antes, prezado amigo, austero estranha
Ao mísero queixoso, que se atreva

A supor que os seus servos são capazes
De poderem obrar excessos desses.
Maldita sejas tu, pouca vergonha,
Que tanto influxo tens sobre este leso.

*

Passados alguns tempos Ludovino
Encontrou uma noite a sua escrava,
E à casa conduziu do bom Saônio,
Aonde em hospedagem se abrigava.
Aqui lhe perguntou a longa história
Da fugida que fez; e a triste serva,
Com ânimo sincero assim lhe fala:
"Ribério me induziu a que fugisse,
Meteu-me no seu quarto, aonde estive
Fechada, muitos dias. Alugou-me
Depois uma casinha; aqui me dava,
Dos sobejos[651] da mesa de seu amo,
Para eu alimentar a pobre vida.
Tive dele dois filhos; o Demônio
Enganou-me, Senhor, cuidei...". E, nisso
Queria mais dizer; porém de pejo
As lágrimas lhe estalam, e se cortam
As últimas palavras com suspiros.
Agora dirás tu, amigo honrado:
"Agora, agora sim, agora é tempo,
Insolente Ribério, de nós vermos,
Para exemplo dos mais o teu castigo.
Os soldados já marcham já te prendem,
Já vens maniatado; já te metem
Na sórdida enxovia; já te encaixam
No pescoço a corrente, e vais marchando
Com rosto baixo a ver Angola ou Índia".
Devagar, devagar com essas coisas.
Os servos de palácio são os duques
Do nosso Sant'Iago, e não se prendem
Por essas, nem por outras ninharias.
Atrevidos soldados já se aprontam,
Mas não para prenderem a Ribério,
Sim para conduzirem entre as armas
Ao pobre Ludovino, e à sua serva,
Que já buscando vão a sua casa,
Que dista desta terra muitas léguas.

---

651. sobejo – grande; excessivo.

É o mesmo Ribério quem caminha
A fazer, Doroteu, a diligência,
Cobrindo a testa da insolente esquadra.
Já viste, Doroteu, insultos destes?
Já viste que pretenda um homem sério,
Que à força um bom senhor de si demita
A escrava desonesta, por que possa
Ficar na mancebia[652]? Já, já viste
Que se mande prender ao ultrajado[653]
Pelo mesmo ladrão? Ah! Caro amigo
Que destas insolências que te conto,
Apenas pode ver quem mora em Chile!
Maldita sejas tu, pouca vergonha,
Que tanto influxo tens sobre este leso!

*

Há nesta grande terra um homem sábio,
E o único formado em medicina.
A este bom doutor estimam todos
Por sua profissão, por seus talentos,
Por seu afável modo, e mais que tudo,
Pelas muitas virtudes que respira.
Curava o nosso sábio a certo enfermo,
E vendo a vária febre e os mais sintomas,
Ordena que ele tome um copo d'água,
A que dá de Inglaterra o povo o nome.
Manda-lhe o boticário[654] uma botelha[655],
Que já servido tinha. O sábio atento
A que ela poderia ter perdido
A força natural, a não aprova,
E passa a receitar outro composto,
Que possa produzir o mesmo efeito.
Chorando, o boticário sobe ao chefe
E diz-lhe que o doutor a rejeitara,
Por ser seu inimigo, e desta sorte
Tirar-lhe da botica o bom conceito.
Manda o chefe chamar aos boticários;
E manda que examinem a garrafa.
Concordam os doutores que não tinha
Ainda corrupção talvez por verem
Que ainda conservava algum amargo.

---

652. mancebia – vida devassa.
653. ultrajado – insultado.
654. boticário – farmacêutico.
655. botelha – garrafa.

Então, então o chefe enfurecido
Ordena ao ajudante, que ali mesmo
Avise o professor que ele tem ferros,
Cadeias e galés, com que reprima,
Se neles prosseguir, os seus excessos.
Maldita sejas tu, pouca vergonha,
Que tanto influxo tens sobre este leso!

*

Pensavas, Doroteu, que o nosso chefe
Passasse à insolência, que refiro,
De insultar por amor de um vil mulato,
Um velho professor tão bem aceito,
Um velho professor, além de sábio,
Na terra singular, no seu ofício?
Não, meu prezado amigo, não pensavas.
Pois quero, Doroteu, dizer-te a causa:
Esta grave ameaça e grave insulto
Foi feita em tom de paga, porque o bode
Curava cuidadoso ao próprio chefe,
De mal oculto, que a modéstia cala.
Maldita sejas tu, pouca vergonha,
Que tanto influxo tens sobre este leso!

*

Ah! Dize, Doroteu, por que motivo
O pai de Fanfarrão o não pôs antes
Na loja de algum hábil sapateiro
C'os moços aprendizes deste ofício?
Agora dirás tu: "Nasceu fidalgo,
E as grandes personagens não se ocupam
Em baixos exercícios". Nada dizes.
Tonante, Doroteu, é pai dos deuses;
Nasceu-lhe o seu Vulcano e nasceu feio.
Mal o bom pai o viu, pregou-lhe um coice,
Que o pôs do Olimpo fora; e o pobre moço
Foi abrir uma tenda de ferreiro.

Carta 13ª

[...]

Ainda, caro amigo, ainda existem
Os vestígios dos templos suntuosos
Que a mão religiosa do bom Numa
Ergueu a Marte e levantou a Jano.
Ainda, ainda lemos que elegera,
Para essas divindades sacerdotes,
E que muitas donzelas consagrara,
A fim de conservar-se aceso o fogo
Em o templo de Vesta, sobre as aras.
Também, também sabemos que esse sábio,
Para ter mais conceito entre o seu povo,
Fingiu que a ninfa Egéria, sendo noite,
Vinha falar com ele, e que benigna
A forma do goveno lhe inspirava.
O mesmo fez Sertório, que dizia
Que nada executava, que não fosse
Ensinado por uma branca cerva,
Que a deusa caçadora lhe mandara.
Mafoma, o vil Mafoma, astuto segue
Também esse sistema. Ao seu ouvido
Acostuma a chegar-se a mansa pomba.
A nação ignorante se convence
De que este seu profeta conhecia
Os segredos do Céu por esse meio.
Não há, meu Doroteu, não há um chefe,
Bem que perverso seja, que não finja
Pela religião, um justo zelo,
E quando não o faça por virtude,
Sempre ao menos o mostra por sistema.
[...]

FIM